Kirjailijan astalo

A

Perustuu osittain teoksiin *Hermes ihmisten tiellä, Rakkautemme värinä* ja *Muisti kirjaan (BoD 2017)*.

Timo Montonen

Kirjailijan astalo

A

Romaani

Kustantaja: BoD™ – Books on Demand, Helsinki, Suomi
Valmistaja: Books on Demand GmbH, Norderstedt, Saksa
ISBN: 978-952-80-0569-8

Alaston

Ne kaikki olivat kääntäneet hänelle selkänsä, eikä hänellä ollut enää kuin yksi jonka puoleen itse kääntyä, jolta pyytää seuraa, jolta pyytää apua.

Hän käännähti, katsoi minua silmiin, pitkästä aikaa, ja kumpikin tiesimme, että tämä oli mahdollista vain siksi, että olimme jo jakautuneet, irronneet erillisiksi, hänestä oli tullut aurinkoa lähestyvä Ikaros ja minusta Manalan kulkija Hermes. Näillä valenimillä ajattelin kutsua meitä, uskotella, että näillä nimityksillä tunsimme toisemme, itsemme, että ne olisivat syviä myyttisiä kuvia identiteetistämme ja persoonallisuudestamme. Toteutan idean siten ymmärrettynä, että kyse on kielellisestä leikittelystä.

Minun tuli kirjoittaa hänen tarinansa niin kuin hän oli sen kokenut, elänyt, mieltänyt – minun kirjoittaa, hän kun oli enemmän kuvan miehiä, minä sanan, enkä aakkosten keksijänä ja jumalien sanansaattajana, valtikka kädessä ja kultasiivekkäät sandaalit jalassa, voinut sitä kieltää. Lupasin, vaikka sanoin, että minulla on kiire toimittaa asioita siellä, missä kukaan muu ei päässyt käymään niin että tulisi vielä takaisin. Olihan kirjoittaminen intohimoni ja pakkomielteeni tässä maailmassa, elämässä, kertomuksessa, joka laajenee yli vanhojen rajojensa ja jossa olen ja liikun yhtä aikaa kun sitä luon.

Haluan tehdä selväksi, että minä olen kaiken tämän takana, jottei minua unohdettaisi kun kertomuksen kerrostumat alkavat vyöryä, muistikuvat lipua toistensa lomaan, päälle, yli ja ali, niin kuin kuumissa muistoissamme, kuvitelmissamme. Tiedän, että unohdus peittää lietteen lailla pitsisiksi hapertuneet sanani, asemani ja arvoni, enkä siitä ole oikeastaan katkerakaan, näin on käytävä, näin on oltava.

Ehkä toivoni asettuu toisen kerran lukevan varaan. Sellainen olen itse harvoin, koska luen kirjani nopeasti vain kerran, kun ne ovat tulleet painosta, enkä kaikkia edes tuota yhtä kertaa. Mutta toivon, että sinä luet tämä toiseen kertaan, jotta oppisit muistamaan, kuka kukin on. Erityisesti sinun pitäisi oppia muistamaan, että hän on kätteni muovaama, Ikaros, että hän on kuin kuumasta vahasta puristeltu näköisesine.

Aloitin tämän romaanin väitteellä, joka sisältää jakoa leireihin, eristämistä, avun pyyntöä. Tuo kaikki on tyypillistä ihmisille, joilla on aivoja rappeuttava oireyhtymä, jonka ensimmäinen oire on useimmiten yllättävä äkkipikaistuminen, joka liittyy tavallisesti johonkin sinänsä mitättömään asiaan mutta johtaa rajuun reagointiin, kiroiluun ja suhteettoman kiivaaseen vastahyökkäykseen.

Pian omat suuruudenkuvitelmat tulevat esiin yhtä aikaa toisten vähättelyn kanssa, josta tila etenee harhaluuloisuudeksi ja vainoharhoiksi, salaliittoteorioihin ja hallusinaatioihin. Henkisten kykyjen heikentymisen lisäksi esiintyy joitakin liikehäiriöitä, jotka saattavat johtaa vääriin diagnooseihin, koska muissa neurologisissa sairauksissa on samoja oireita. Puheena oleva oireyhtymä varmistuu vain kieltä tutkimalla, etsimällä välimerkkiyhdistelmää "?!".

Ikaros oli hänen nimensä, ja minun Hermes. Hän ei ollut mies vailla muistia, hän ei ollut mies vailla ominaisuuksia, hän ei ollut mies vailla sisintä, vailla syvintä, vaikken sitä kaikkea kertoisikaan. Ja sama pätee minuun, mehän olimme kuin identtiset kaksoset, vaikkakin enemmän peilikuvia kuin silhuettikuvia.

Turha tätä on enempää selittää, kaikki tulee ilmi aikanaan, en koskaan aikonut jättää tätä kertomatta. Ja vaikka nyt kerron peitellen, häivytellen, naamioiden, tiedän kertovani suurempaa totuutta kuin mitä alun perin olin aikonut, sensuroimattomampaa, rohkeampaa, häikäilemättömämpää, suorasukaisempaa, peittelemättömämpää, irrottelevampaa, ronskimpaa, törkeämpää — ja juuri tällä korostetulla röyhkeydellä onnistun nostamaan kuvitteellisuuden tasoa sellaisiin korkeuksiin, että jäljittelevä luulottelu luo lukijalle todemman tarinan ja kuvan kuin loisi asiallinen tapahtumainkuvaus ilman porautumista ihmisen ytimeen, sisimpään, haaveisiin ja pelkoihin, siihen kaikkeen mikä ei saa ilmaisuaan niin sanotussa normaalissa elämässä.

Tämä ei ole mikä tahansa kirjoitustyö. On vaatinut paljon, että olen voinut virittyä hänen tarinansa kirjoittamiseen. Erikoistoimenpiteitä. Otollista elämäntilannetta. Rahoitusta. Rauhaa. Hidastamista. Sokeritasapainoa, toimivaa aineenvaihduntaa, riittävää määrää aivojen välittäjäaineita, keskittymistä. Kirjoittaminen ammattilaisen tasolla on vaatinut irtiottoa niistä kuvioista ja ympyröistä, joihin olin hänen kanssaan vuosien varrella juurtunut.

Tällaisen kertomuksen parissa työskentelen: ohut kirja, yksinkertainen juoni, lyhyt tapahtuma-ajankohdan tarina, jako parin sivun lukuihin. Ikaros ja Hermes ovat minä eri rooleissani, sanon sen nyt, itsestäänselvyyden, enkä sitä enää painota. Kirjailijana kerron hänestä ?!-oireyhtymään liittyvänä järjestötoimijana, tämä on sopimukseni ankaran osapuolen kanssa, itseni kanssa, eikä tällaisesta sopimuksesta livetä, sanat kaivetaan vaikka puukon terällä sydämestä, ja jos ei sieltä löydy, niin silmästä.

Kerto on yksi tyylikeinoistani. Kerto on tyylikeinoista juuri se, joka tuuheuttaa tekstiä, antaa lukijalle aikaa omaksua, ja kertojalle aikaa palauttaa muistiin, missä mennään. Tästä tulee yleisesti pätevä teos, jossa vältetään paikan, ihmisten ja organisaatioiden nimeäminen. En valitse helpointa tietä, täydellistä todellisuusvastetta, kerrottavan ja kerrotun samuutta, vaan annan itselleni mahdollisuuden tarkastella käsiteltäviä ilmiöitä lievästi väärentävän linssin läpi, niin että luettuun jää tarpeeksi realismin illuusiota ja ripaus, hyppysellinen, nokare kuviteltua. Luettavuuden vuoksi joutunen luopumaan joistakin mainitsemistani periaatteista, mutta teen sen vain kokonaisuuden hyväksi, en kuitenkaan itseisarvoisesti vaan aina tarkoituksenmukaisesti.

Työskentelen kapeassa aikaikkunassa, valmista pitää olla seitsemän viikkoa sen jälkeen, kun hän on palannut kongressimatkaltaan. Minulla on 48 kirjoituspäivää ja yksi päivä tavaran tarkastukseen ja luovuttamiseen. 48 on merkitsevä luku, merkitsevämpi kuin 47 tai 49. 48 on tämän kirjan lukujen määrä. 48 on ensimmäisen kappaleen sanojen määrä. 48 on kahden vuorokauden tunnit. 48 on neljä tusinaa. 48 on ikäni potilasjärjestöön liittyessäni. 48 esiintyy Suzi Quatron biisissä *48 Crash*. 48 on kuusi kertaa kahdeksan. 48 on kahdeksan kertaa kuusi. 48 on elämäni toisen asunnon ovinumero. 48 tuottaa nettihaulla 7 940 000 000 tulosta, mutta mainitsen vain ne, jotka keksin omin aivoin ja avuin.

Kiinnostus numeroihin ja outoihin laskutoimituksiin on yksi varoituskelloistani. Kello alkaa soida, kun minulla on liikaa touhuamista ja liian vähän lepoa. Sanon tämän itselleni, jotta osaan tarkkailla oireiden kehittymistä.

Kirjoituspulpettiini asennetun kielellis-tyylillisen rajoittimen puitteissa sallitut sanat ovat pikemminkin abstrakteja kuin konkreettisia, enemmänkin yleisiä kuin yksityisiä, mieluummin yläkäsitteitä kuin erisnimiä, mutta rajoitin hyväksyy myös joitakin usein käytettyjä varsin esineellisiäkin sanoja, kuten tästä listasta huomaa: ansiomerkki apuraha arpajaiset avustus esitys hallitus hautausavustus johtoryhmä julkaisutoiminta jäsen jäsenedut jäsenehdot jäsenilta jäsenkortti jäsenmaksu jäsensivut kattojärjestö kehittämissäätiö kerho kevätkokous kesäpäivät klubi kokous kokousedustaja kongressi koulutus kunniajäsen kunniapuheenjohtaja lajitoveri lajityyppi lautakunta liitto matka-apuraha matkakorvaus ohjelma pikkujoulut puheenjohtaja residenssi retki salonki seminaari syyskokous säännöt talkoot talvipäivät toimikunta vientiorganisaatio vuosikokous yhdistys.

Ei kertomiseen tarvita verbiä, ei pronominia, ei tarvita subjektia, ei predikaattia. Valikoitujen sanojen luettelo kertoo nopeasti ja taloudellisesti jos ei nyt näkemystä niin ainakin aihepiirin. Tämä on luetteloiden kirja.

Ei ole ihme, että Ikaros siinä tilanteessa oli kuvitellut kaiken heittämistä sikseen, puhunut silleen jättämisestä, ja kirjoittanut muistikirjaan lopettamisen kymmenen huippusyytä. Että hän olisi kerralla lopettanut kaiken järjestö- ja vapaaehtoistoiminnan, lopettanut kaikki Facebook-ryhmänsä ja teemasivunsa, Twitter-tilinsä, hankkeensa, kosketushoitonsa, kongressimatkansa, kaiken.

Mutta nyt hän oli täällä, kongressikaupungissa valtameren tällä puolen, lennettyämme välilaskun kanssa toistakymmentä tuntia. Ja oli kongressin avajaisilta, juhlailta, kolmen vuoden työn täyttymyksen ilta, ja hänkin tunsi jonkinlaista tyydytystä ponnisteluistaan, vaikka ainainen riittämättömyyden tunne vei siltä parhaan terän, kirkkaimman kärjen, myrkyllisimmän iskun.

Minkälaista elämä olisi, jos jättäisi tämän kaiken järjestöissä toimimisen? Puuhastelun, kuten hän joskus sanoi halutessaan kierosti vähätellä tekemisiään, jotta keskustelukumppanille avautuisi tilaisuus kumota hänen vähättelynsä muutamin valituin ylistävin sanoin. Omaa aikaa jäisi enemmän. Velvoitteita olisi vähemmän. Saisi tehdä mitä huvittaa. Olisi rauhallisempaa. Yksinäisempää? Ikävämpää?

Mietin tätä joskus myös omalta kohdaltani – mitä jos jättäisin kaiken? Mutta minun järjestötoimintani on vielä niin uutta, ainakin korkeimmalla tasolla, että samanlaista kaiken nähdyn ja kaiken koetun tylsistyttävää tunnetta ei ole päässyt syntymään.

Hän tiesi, että se päivä tulisi, tunsi, että se ei ollut kaukana, se oli vastassa, odottamassa yhtä varmasti kuin sanomalehtiläjä postiluukun alla eteisessä, kun hän palaisi kotiin. Jos hän sinne asti pääsisi, jos hän siihen asti eläisi.

Jätän nyt lukijan epävarmuuteen, kuten hänetkin, vihjaan johonkin joka toteutuu tai ei, tiedänkö vielä itsekään? Toki tiedän, mutta et usko minua, koska sanon niin. Kertomisen pelisääntöjä, eettistä toimintaa lukijaa kohtaan, on käyttää asetta jos se on aiemmin mainittu. Muunneltavat muuttaen: lukijan on syytä olla aidosti huolissaan Ikaroksen kohtalosta.

Tämä on romaani Vapaaehtoistoiminnan Sankarista vastaan haraavassa maailmassa. Hän oli ahnehtinut vastuita. Hän oli keksinyt yhä uusia toimintamuotoja. Hänellä oli kokemusta miltei kaikesta, mistä järjestöissä toimimisessa saattoi olla – vain korkein puheenjohtajuus puuttui, ja puuttuman se jäisi.

Aloittaessaan vapaaehtoistoimintansa kymmenen vuotta sitten häntä oli järkyttänyt yhdistyksiin järjestäytyneiden jäsenten keski-ikä – se oli reilusti yli tyypillisen eläkeiän; jäseneksi liittymisen tavanomainen ikä oli sekin hyvin korkea. Niinpä jäljellä oleva elinaika diagnoosin jälkeen oli lähempänä viittä kuin kymmentä vuotta. Tämä oli lyönyt jalat alta ennen kuin hän oli ymmärtänyt, että kyse oli tilastoista ja keskiarvoista. Nuorena sairastuneilla tilanne oli aivan toinen kuin tyypillisellä tapauksella, reilusti yli kuusikymppisellä, elinaikaa oli jäljellä melkein sama aika kuin terveillä ikätovereilla. Loppuajan laatu kyllä heikkenisi radikaalisti, hän tiesi sen eikä halunnut ajatella sitä enempää.

Hän oli houkutellut yhdistykseen nuoria, perustanut heille oman kerhon, auttanut muiden kerhojen pystyttämisessä suurimmissa kaupungeissa, mistä jotkut liittokokousedustajat intoutuivat käytäväkeskusteluihin, että hän olisi perustamassa valtakunnallista nuorten yhdistystä, mikä olisi ollut monin tavoin häiritsevää alueelliseen järjestäytymiseen perustuvassa organisaatiossa – ja sitä paitsi hän imisi kaikki nuoret omaan kerhoonsa. *Kosketa minua* -hankkeen myötä tämä tapahtuisi maan monella kolkalla yhtä aikaa. Tavanomaiset kerhot kärsisivät, jos niissä toimisi vain ikäihmisiä.

Ymmärrän hänen hämmennyksensä melko odottamattoman vastustuksen edessä. Hän oli tuomassa kentälle rahoitusta ja luomassa toimintaa, mutta jollain käsittämättömällä ajatuspierulla monet jäärät kokivat hänen vievän heiltä jotain – jotain, mitä niillä ei edes ollut. Hanke veti toiminnan piiriin ihmisiä, jotka olivat siihen asti seuranneet järjestötoimintaa sivusta; nyt heistä tuli aluksi hankkeen palvelujen käyttäjiä ja hyvin nopeasti eri tehtävistä vastuuta ottavia toimijoita. Muutamassa vuodessa ikääntyvät kerhot saivat hankkeen voimaannuttaneista ihmisistä vereksiä puheenjohtajia, sihteereitä ja rahastonhoitajia rivijäsenten lisäksi.

Paikalleen jämähtäneet pelkäsivät putoavansa ennen kaikkea henkisestä rollaattoristaan, kun ympärillä tehtiin muutakin kuin kiroiltiin, sätittiin ja syyteltiin.

Moni piti Ikarosta vihollisenaan, jotkut jopa julkisena vihamiehenään, koska hän vastasi aina vähintään samalla jyrkkyydellä, jolla hänen tekemisiään oli moitittu. Minkä hän tilalleen voi? Eikä hän tyytynyt pelkkiin käytäväkinailuihin vaan käytti tehokkaasti ja murskaavasti monia viestintävälineitä. Hän valitsi sanansa sillä perusteella, että loukkaus olisi suurin mahdollinen; tämä koski niitä, jotka olivat nousseet häntä vastaan, kapinoineet, muodostaneet salaliiton, yrittäneet vallankeikausta – omiaan hän aina kohteli ystävällisesti, suurinta osaa ainakin. Ärsyttävimmät oman porukan ihmiset saivat toki raivon pintaan, jolloin saatanat ja perkeleet lentelivät sakeana raekuurona kuin terävät tikarit veitsenheittäjän kädestä itäisen Euroopan sirkuksessa koillisen lähiön leikkipuiston hiekkakentällä jonakin 90-luvun unisena kesäpäivänä, jolloin maksavia katsojia istui kourallinen punaisilla repaleisilla penkeillä, joita oli paikkailtu harmaalla teipillä, ja kun oli kissojen vuoro esiintyä, ne olivat niin väsyksissä, että eläintenhoitajanaisen piti tuuppia niitä eteenpäin lankulla ja lopulta nostaa se matka, jonka kävelemiseen kissat oli opetettu mutta ne eivät olleet oppineet – ja tässä hän näkin varsinaisen opetuksen: tee niin kuin itse tahdot, älä niin kuin sinua opetetaan.

Hän oli myös ihmetellyt liiton lehden haastattelussa, miksi heillä oli itsenäisiä liittoja joka aivorappeuman vivahteelle, jonka saattoi määritellä omalakiseksi, vaikka yhteisestä järjestöstä olisi voinut muodostaa laajan ja edustavan ja tehokkaan liiton, niin kuin länsinaapurissa ja monissa muissa maissa oli tehty.

Hänen saamansa palaute oli ollut torjuvaa. Vedottiin liiton perustamisasiakirjaan ja historian velvoittavuuteen. Kun aina on ollut näin, niin jatkossakin on näin.

Tiedän täsmälleen, miltä hänestä tuntui, olin itsekin omassa liitossani pimeässä umpikujassa: ei tietoa suunnasta, johon kannattaisi kulkea. Ajat ja tavat olivat muuttumassa, olivat olleet jo jonkin aikaa, mutta liitossani elettiin kuin eilispäivä olisi huominen, huominen eilispäivän kaltainen, tänään olisi sama kuin eilen ja huomenna, taidanko tämän paremmin sanoa? Liitto ei nähnyt aikakauden nopeaa kehitystä, muutosta joka koski meitä ja heitä kaikkia, murrosta joka jo ravisteli järjestökentän peruskiviä, tai kiveä, sillä yksisilmäisesti järjestö koki rakentuneensa yhdelle kivelle, mikä oli vale ja mikä ennakoi sitä valheellisuutta joka vallitsi edelleen: näkyvät näkyvät, näkymättömät ovat näkymättömät.

A oli ollut mukana hänen ensimmäisellä matkallaan saarivaltakunnassa. He olivat ajaneet taksilla lentokentältä hotelliin perjantaina aamupäivällä, eikä hän ollut astunut ulos rakennuksesta ennen kuin sunnuntaina iltapäivällä, kun alkoi paluumatka, jälleen taksilla lentokentälle missään poikkeamatta. Hän silti saattoi kertoa olleensa tässä kaupungissa, nähdä televisiosta mieleen jääneitä kuvia ja toistaa ne omina muistoinaan. Eri tietolähteistä mieleen piirtyneet muistikuvat ja kuvitelmat yhdistyivät. Hän ei kaivannut datalaseja silmilleen nähdäkseen keino-todellisuutta. Tämä kaikille tuttu mielen maailma oli jo sitä, mielen maisemat ja mielen muistumat olivat synteettisiä, synkronoituja, synergisiä.

Mitä sinä viikonloppuna oli tapahtunut? Perjantain työpaja oli alkanut hänen esityksellään. Se oli osoittautunut liian nokkelaksi, siinä oli osuuksia, jotka hän oli kirjoittanut pikemminkin luettavaksi omassa rauhassa kuin puhuttavaksi, esitettäväksi yleisön edessä salin vasemmalla puolella mikrofoniin huohottaen. Hän oli matkinut sydänääniään, äännellyt jumputtavasti huulet kiinni kosteassa mikrofonissa. Hän oli hyvin nopeasti tajunnut esityksensä puutteet ja samalla tajunnut senkin, ettei voisi niitä lennosta korjata, hänen oli pysyttävä käsikirjoituksessaan, esitettävä näytelmäänsä, vaikka se meni vikaan, sillä parempi oli merkitykseltään hämärä mutta muodoltaan eheä kuin hämärä ja lattialle luhistuva esitys.

Muusta työpajapäivän esityksistä ja ryhmätöistä hänelle oli jäänyt tunne, että hän oli liian tietämätön ja valmistautumaton, lähtenyt liikkeelle liian vähäisellä järjestötyön käytännön kokemuksella. Monissa maissa vapaaehtoiset sairastuneet osoittautuivat tekevän niitä töitä, joihin heillä oli palkattu terveitä ammatti-ihmisiä.

Illalliselta he olivat lähteneet A:n kanssa hyvissä ajoin niin kauan kuin heillä oli vielä voimia rakastella leveässä parivuoteessa. A oli maannut mahallaan ja hän oli ottanut sen takaapäin, ja kun hän oli oikein keskittynyt, hän oli lopulta tullut sen sisään.

Mainitsen tämän seikan vain siksi, että Ikaros vaatimalla vaati eräiden yksityisten – sanoisinko – mielikuvien ottamista mukaan tähän hänen kertomukseensa. Hän mainitsi velkansa amerikkalaiselle renttukirjailijalle. Sitoumus tällaiseen oli osa monimutkaista kaupankäyntiämme, josta en voi kertoa kaikkia inhottavuuksia pohjamutia myöten vaan pikemminkin mainita vain jonkin satunnaisen yksityiskohdan.

Ajatuksen lennon tuli kantaa katkeamatta alusta loppuun, hänen ajatuksensa. Se oli Ikaroksen ykkösvaatimus, enkä usko, että hän täysin ymmärsi tähän sisältyvää ironiaa. Hänestä oli alkanut tuntua, että hän oli tiellä, näiden seuraajiensa tiellä, opetuslastensa, että oli poikkiteloin, vastahankaan, eri mieltä koko porukan kanssa, kun ennen kaikki olivat samaa mieltä hänen kanssaan. Yhä useammin joku reagoi häneen huutamalla kysymyksiä ryyditettynä kirosanoilla.

Nyt hänestä oli tullut jarru. Muutoksen hidastaja. Tapahtumisen ehkäisijä.

Ei hän enää ollut saanut edes kaikkea tietoa, häntä oli pidetty pimennossa. Hänet oli blokattu. Estetty. Ohitettu. Vaiennettu. Hän oli joutunut keskustelemaan väärien olettamusten pohjalta.

Hän oli tehnyt itsestään naurettavan.

Narrin.

Nopeasti ja aluksi huomaamattomasti tapahtunut muutos pakotti uumoilemaan, että ei häntä ennen sittenkään ollut kuultu asian painavuuden vuoksi, vaan hänen asemansa vuoksi. Niinkö jäykistyneitä hierarkian kunnioittajia nämä olivat? Niinkö ulkokullattuja – tuollainen sana oppikoulun uskontotunnilta tuli mieleen, opettaja oli pyytänyt häntä selittämään sanan muille. Kun tämä uskonnonopettaja oli astunut meluisaan luokkaan, se oli seisottanut koko poikalaumaa, sitten yksitellen sallinut heidän istuutua, hänet usein ensimmäisten joukossa. Opettaja oli pieni vanha nainen, temperamenttinen, jopa siihen mittaan että kun jotkut pojat pitivät talvella luokassa ulkovaatteita, pipoa tai takkia, niin opettaja poistui tunnin alussa ja palasi hetken kuluttua turkki päällään.

Sieltä asti kumpusi ajatus, että hän oli valittu, onnen poika. Erilainen. Jotain kertonee sekin, että myöhemmin lukion uskonnonopettaja oli toistuvasti kutsunut häntä Uskoksi. Hän oli luokan edessä sanonut hitaasti oman nimensä ja kieltänyt olevansa Usko, mutta opettaja oli takellellut, että tietenkään hänen sukunimensä (sic) ei ollut Usko vaan etunimi! Ehkä opettaja oli liittänyt häneen ylimääräistä vaikkakin todellisuudessa olematonta kristillisyyttä, kun hän oli ulkomuistista ladellut Jeesuksen ja opetuslasten ammatit ja kokeessa vastannut, että Jumala oli sanellut Raamatun tekstit niiden kirjoittajille. Uskoin, että juuri näin oli tapahtunut, vaikka hän ei ihan heti hyväksynyt tulkintaani.

Ikaros kävi käytävässä koputtamassa naapuriovea varovaisesti, tunnustellen ja arastellen, kuin äänenvaimentimella hälyn himmentäen. Ei vastausta. Ei elonmerkkiä. Ei mitään. C oli varmasti väsynyt ja nukkui sikeästi. Hän palasi huoneeseensa.

Vaikka hänelle oli varattu yhden hengen huone, tämä oli samanlainen kuin seinän takana kahden hengen huone. Niin ei ollut useimmissa paikoissa, joissa hän oli yöpynyt. Monesti hänet oli sijoitettu eri kerrokseen kuin muut, erilaiseen huoneeseen.

Saarivaltakunnassa heillä oli kummallakin yhden hengen huone, mutta enimmän aikansa ohjelman ulkopuolella he olivat viettäneet A:n huoneessa. Myöhään kumpanakin yönä hän oli tullut nukkumaan omaan huoneeseensa aamuyön tunnit.

Hän oli tavannut A:n ensimmäisen kerran vuotta aiemmin, kun oli osallistunut uusien jäsenten iltaan – ei hän mikään uusi ollut siinä vaiheessa, jo melkein viisi vuotta jäsenenä. Mutta hän halusi ja pääsi mukaan, kun ei ollut aiemmin osallistunut tähän yhdistyksen kädenojennusrituaaliin, joka tarjosi sekä tietoa että seuraa, tunteita unohtamatta. Ilma oli ollut sakeana vertaistukea, vierustoverille osoitettuja kysymyksiä ja huudahduksia, murahduksia ja kivahduksia, ärräpäitä ja räjähdyksiä.

Hän oli tullut niin aikaisin, että sinisen huvilan päädyssä toimiston ovi oli vielä lukossa. Hän oli koputellut, soittanut ovikelloa, rynkyttänyt, ja pian A oli tullut avaamaan. Se oli katsonut häntä silmiin, luonut yhteyden, ja he olivat kätelleet. Sillä hetkellä hän oli pihkaantunut, ihastunut, tykästynyt, retkahtanut, menettänyt sydämensä, saanut tällin, än äs langennut loveen. Huumassaan hän ei ollut pitänyt A:n liikehäiriöitä vastenmielisinä vaan oli liittänyt niihin jopa romanttisia kuvitelmia.

Ikaros ei ollut saanut silmiään irti A:sta, A:n silmistä ja muodoista. Hän oli tiennyt tuijottavansa, mutta ei ollut siitä moksiskaan. Eikä se. Se oli tuijottanut takaisin. A:n tuli tuntea, että hän välitti siitä. Ja hän uskoi, että A myös tunsi niin. Sen tiesi siitä, että se suhtautui häneen eri tavalla kuin muihin.

Kerran hän oli kuulevinaan joidenkin kerhon jäsenten vitsailua, että missä A, siellä hän. Hän kuuli, ja hän luuli, mutta luultavasti ne olivat puhuneet aivan muuta ja hänen mielensä oli vääntänyt kuullun lausahduksen suurimman pelkonsa mukaiseksi. Niin oli tapahtunut aiemminkin paineisissa tilanteissa.

Kuinka monta kertaa hän oli kuvitellut itsensä A:n sänkyyn? Hän ei osannut sanoa. Kymmeniä joka tapauksessa, ehkä satoja.

A:lla oli miesystävä, mutta se ei estänyt heitä aloittamasta suhdetta. Kun hän puhui rakkaudesta, A keskeytti hänet. Ei tämä ole rakkautta, ei meillä ole edes suhdetta. Me haluamme kumpikin vain seksiä.

Hänellä oli vakiokuvitelma seksistä A:n kanssa, ja saarivaltakunnassa hän pystyi kuvitelmansa toteuttamaan melkein kohdalleen, myöhemmin hiottavaksi jääneitä yksityiskohtia vaille.

Olen luvannut hänelle, että suojelen hänen naisiaan muutamin yksinkertaisin keinoin. Ensinnäkin, kuten olet huomannut, nimeän heidät isoin kirjaimin, mutta en aakkosten alusta lähtien vaan merkitystä luovalla tavalla. Toiseksi, kuvaan naisia mahdollisimman vähän, ja sen vähänkin kuvauksen sekoitan niin, että siirrän tapahtumia ja puheita naiselta toiselle. Näin ollen ei kenestäkään piirry tunnistettavaa muotokuvaa, mutta en mitään pilakuvaakaan ole tekemässä! Piirrän kubistisia, silti mahdollisia ja siten totuutta lähestyviä muotokuvia, Totuutta niin kuin se taiteessa ymmärretään, mikä merkitsee äärimmäistä totuudenkaltaisuutta. Tämä aiheuttaa loisissa, löysäläisissä, ja henkisesti sikiöiksi jääneissä napinaa ja kysymyksiä, mutta ei siitä nyt enempää.

On oma taiteenlajinsa liikkua jo painetun kirjan yllä korjausaikein ja täydentämistarkoituksin. Paperilla tanssii kynä, se liukuu kirjan sivulta toiselle merkintöjä piirtäen. Ruudulla kynän teränä on kursori ja kynän vartena on näppäimistö. Katse ja sormet työskentelevät yhdessä suun kanssa, joka kuiskaa sanat samaan aikaan kun ne ilmestyvät näytölle. Kokonaisia ajatusrykelmiä pyyhitään pois, ja vastaavasti uutta sisältöä kirjoitetaan tilalle. Esimerkiksi tämän luvun loppuosan muodostavan aihekokonaisuuden aion poistaa jossain vaiheessa tätä 2., täydennettyä laitosta tehdessäni.

Sivistynyt lukija, tiedän että sinua ärsyttää tapani kommentoida kertomaani, kirjoittaa metatekstiä, ja suomentaa vierassanoja, sivistyssanoja, mitä erityisesti tein kirjan ensimmäisessä laitoksessa, mutta ajatelkaamme myös vähemmän onnekkaita lukijoita, joilta puuttuu alkeiskoulun jälkeinen institutionaalinen koulutus tai itseopiskeluun perustuva lukeneisuus, joilta puuttuu itsestä nouseva halu opintielle, joilta puuttuu palo tiedolliseen ja henkiseen kehittymiseen, mikä on aina myös kielellistä kehittymistä, sillä uusi tieto on uusia sanoja, uusia kieliperheitä, uusia kielenkäyttötapoja, uusia termejä, uusia lyhenteitä, uusia merkityksiä tutuille sanoille, uusia käsitteitä, uusia ajattelumalleja ja uusia taitoja luoda omia ajattelun polkuja, omia käsitteitä, omia sanontoja, omia termejä, omia lainalaisuuksia, omia tarkastelukulmia.

Yritin opettaa hänelle, jonka nyt tunnemme Ikaroksena, menettelytapaani karttaa vierassanoja tai ainakin suomentaa niitä. Miksi muuten ottaisin tämän esiin? Muistin aina kerrata, että emme synny kieli suussa saati päässä vaan opimme kielen, kasvamme kieleen, niin kuin muuhunkin tietämiseen ja taitamiseen.

Emme myöskään synny tapatietoisina. Maailmalla

liikkuessa on viisasta opetella paitsi vierassanat myös vierastavat. Pikakurssina esittelin joillekin delegaation jäsenille ystävällisyyden protokollan, poskisuudelmat tavattaessa, keskustelun avaukset ennen asiaan paneutumista, kohteliaisuudet joka käänteessä, jotta kumpikin osapuoli kokee olevansa hyväksytty, arvostettu, turvassa, lopuksi kiitokset sanottuna, sähköisenä viestinä ja jopa korttina, jos oikein halusi tehdä vaikutuksen.

Jos tuntuu siltä, että hyppelehdin asiasta toiseen, se on oikea tuntemus, koska alun perin kirjoitin tämän lyhyinä lukuina, joiden aiheet vaihtelivat. Tähän kirjaan olen yhdistänyt tekstin pidemmäksi kokonaisuuksiksi, mutta subteksti ilmoittelee itsestään.

Yksi ensimmäisistä ajatuksistani oli kirjoittaa romaani Kansainvälisyyden Keihäänkärjestä tylsistyttävässä ympäristössä ja näin korostaa hänen eteen kasattuja esteitä ja niiden ylittämistä. Kansainvälisyyden tärkeyttä Ikaros oli tavannut perustella kehittymisen ja oppimisen ja uusiutumisen kaltaisilla myönteisillä käsitteillä. Kyllä nekin jotain hänelle merkitsivät, mutta lähempänä hänen sydäntään, näin minä ymmärrän, oli matkaseura.

Kun Ikaros oli lähetetty saarivaltakuntaan maanosan kattojärjestön vuosikokoukseen ja sen yhteydessä pidettyyn työpajaan, jossa hän oli ollut aamupäivän ensimmäinen puhuja, hän oli kustantanut A:n matkan omasta pussistaan, jotta he olivat saaneet

yhteisen viikonlopun. A:n suostuminen matkakump-
paniksi oli käynyt helpommin kuin hän oli osannut
kuvitella. Heidän suhteensa ei ollut ainakaan tuolloin
niin yksipuolinen, niin yksisuuntainen, niin pakko-
mielteinen kuin A oli myöhemmin väittänyt.

Siitä oli jo viisi vuotta.

Viikonloppua oli seurannut kansainvälisen toimin-
nan harjoittaminen netissä. Hän oli kahlannut läpi
maakohtaiset verkkosivut, sosiaalisen median sivut
ja ryhmät, blogit ja keskustelufoorumit. Kansainväli-
sessä vertailussa kotimaan keskustelijoiden tiedon
taso vaikutti matalammalta kuin esimerkiksi saarival-
takunnassa.

Valtameren takaista keskustelukulttuuria taas lei-
masi runsas rukoilu läheisten ja toisten keskustelijoi-
den puolesta. Tarkoittivatko ne niin vai oliko se vain
fraseologiaa, vakiintuneiden ilmausten käyttämistä
viestin alussa tai lopussa? Hän kysyi suoraan, ja tyr-
mistyneistä vastauksista hän ymmärsi olla asetta-
matta uskonasioita epäilyksenalaiseksi. Hänen kerto-
mustansa kohtaamisesta paavin kanssa seurasi hyy-
tävä hiljaisuus. Minä ne häntä oikein pitivät! Normi-
kahjona?

Hänen polttoaineenaan oli ollut hybris, julkea
omien kykyjen yliarviointi, vääristynyt voimantunne
– hän oli pieni mies, mutta näki itsensä jättiläisenä,
koki itsensä ylivertaiseksi, kuin kärpästä olisi katsottu
suurennuslasin lävitse. Hän tiesi sen, jollain tasolla,
jollain ymmärryksen etäisellä saarekkeella, ja hän

kärsi siitä, mutta samalla tuntui, ettei hän voinut tehdä sille mitään, eikä voinutkaan, se kaikki oli osa oireyhtymää.

Aina hän ei halunnutkaan olla muuta kuin oli. Jostain piti saada olla ylpeä, niin hänen kuin kaikkien muidenkin, sillä ilman oman erikoisuuden tunnetta ihminen vajosi kuraan, upposi pyöreään sianpaska-altaaseen, jollaisia hän oli nähnyt vieraillessaan työkaverinsa luona läntisellä Uudellamaalla, heidän käydessään ajelulla lähitienoilla.

Hän viihtyi jalat irti maasta, irti kurasta ja sianpaskasta, nautti ylivertaisuuden tunteestaan, otti kaiken irti toimeliaisuudestaan ja antoi sen kasvaa maanisuuteen asti. Olihan hän pienuudestaan huolimatta Ikaros!

Tämä oli johtanut kiusallisiin, piinallisiin tilanteisiin, kun hänen touhuamisensa pää pilvissä törmäsi todellisuuden piikkilanka-aitoihin ja kuplat ja pallot puhkesivat ja hän tunsi lamaantuvassa mielessään ja kivettyvässä ruumiissaan että asiat eivät enää toimi – ja pahimmillaan iski kauhu, vainoharhat vyöryivät yli ja peittivät hänet pelon mudalla. Hän ymmärsi kuin salaman iskemänä, että häntä vastaan oli perustettu salaliitto, että hänen vihamiehensä olivat yhdistäneet voimansa ja vaanivat häntä kaikkialla, jokaisen oven takana.

Kerran hän oli ollut varma, että vainoaja piileskeli kellarissa, johon johti mustat portaat kokoustilasta. Miten se oli päässyt sisään lukitusta ulko-ovesta, sitä hän ei tiennyt, mutta kai se siihen pystyisi kun oli ottanut asiakseen kirjoittaa hänestä valheita sanomalehteen ja sillä keinolla suistanut hänet vääristyneeseen mielentilaan.

Hän ei peloltaan ollut uskaltanut laskeutua kellariin kohtaamaan vainoajaansa. Onko oman mielen luomaa uhkaa kohtaan koetun pelon rampauttamaa ihmistä säälittävämpää, ihmistä joka mielessään lentää lähelle aurinkoa – ei ole.

Outo sattumus, anomalia, oli kansainvälistymisen polun varrella tapahtunut Ikarokselle muutaman kerran. Kerran hän oli etsinyt saarivaltakunnassa asuvan miehen yhteystietoja, mutta ei ollut löytänyt niitä. Hän oli äkännyt miehen blogin netissä, he olivat kirjoittaneet kumpikin monessa maassa toimivan yrityksen verkkopalveluun, omalla kielellään omankieliseen versioon. Kuukautta myöhemmin hän oli huomannut, että sama mies oli puolestaan kysellyt häntä ylläpitämällään Facebook-sivulla.

Netistä hän oli löytänyt maailmankongressinkin, löytänyt ja innostunut heti. Hän muisti, kuinka keskittyneesti oli katsellut ja kuunnellut esityksiä, luentoja, puheita ja keskusteluja. Aivan kuin olisi itse ollut siellä. Jonain tällaisena katsomiskertanaan hän oli tehnyt päätöksensä. Matkaseurasta ei vielä ollut tietoa, muutama ehti kieltäytyä ennen kuin hän oli älynnyt kysyä E:tä mukaansa.

Hän muisti kansainvälisyyteen sopeutumistaan kuvaavan tapauksen kotimaan arkipäivästä. Hän oli istunut lähiliikennejunassa odottamassa lähtöä rautatieasemalta. Odottaessaan hän oli hörppinyt ananaslimonadia. Takaa lähestyi rytmikäs roskasäiliöiden avaamisen ja sulkemisen ääni. Mies kädessään valkoinen muovisäkki puolillaan tyhjiä tölkkejä ja pulloja tuli hänen kohdalle. Hän avasi roskiksen ja näytti, ettei siellä ollut sille mitään, vain rullalle käännetty ruskea paperipussi. Se kiitti. Kohta mies palasi vaunun nokasta. Hän kysyi englanniksi, että halusiko se juotavaa. Halusi. Hän otti omasta muovikassistaan lääkkeiden, joululahjaperirullien, pakettikorttipakkauksen ja lahjanarulaatikon seasta täyden ananaslimun, ja sanoi, että oli ostanut näitä kaksi ja se saisi toisen. Hän lisäsi, että pullo oli avaamaton. Mies otti limun, kiitti, hän vastasi ole hyvä, ja se lähti. Kaikki tapahtui luonnollisesti ilman ajatusta kansalaisuudesta, etnisyydestä tai uskonnosta.

Se mies olin minä, päivittäisellä varjostuskeikallani maahanmuuttajaksi naamioituneena, mutta hän ei tunnistanut minua.

Ikaros oli lähtenyt toiselle ulkomaiselle järjestömatkalleen itäisen meren satamakaupunkiin, kävelytapahtumaan, sinnekin kustantanut A:n mukaansa, koska niin paljon oli ollut vielä kesken. He olivat siellä tulleet valmiiksi, hän oli sementoinut hyväksi muistoksi heidän suhteensa, jota A:n mielestä ei ollut.

Seurasi pohjoisten maiden kokous, läntisen lahden toisella puolella, ja nyt hän oli pyytänyt mu-

kaansa V:n, joka ei ollut suostunut hänen ehdotta-
maansa hääsviittiin suurella risteilyaluksella vaan oli
vaatinut nopeampaa matkantekoa lentäen. Pohjois-
ten maiden kokous päätti hänen vastustuksestaan
huolimatta, että kaikki puhuisivat omaa kieltään,
mikä merkitsisi, että kukaan ei ymmärtäisi häntä.
Niinpä hän oli puhunut sekasotkua, joka koostui glo-
baalisti yhteisistä termeistä, laajalle levinneistä sa-
nontatavoista, yleismaailmallisesta elekielestä, kaik-
kien arjesta tutuista äännähdyksistä, maiskutuksista,
naksahduksista, ja jos nämä eivät tepsineet niin hän
täydensi sanomaansa koulusta mieleen tarttuneilla
länsinaapurissa puhutun kielen paikallismurteiden
sanoilla ja kokoelmalla voimasanoja.

Tällaisena syvälle vieraaseen kieleen pureutuvalla
hetkellä olin muistanut – tuolloin olimme vielä yhtä
– kuinka olin kotimaassa kansainvälisessä kokouk-
sessa kysynyt toista virallista kieltä käyttäneeltä pal-
kitulta kirjailijalta, mikä oli hyttynen tämän kielellä.
Se oli työntänyt kielensä ulos, ja kunnioittava hiljai-
suus oli laskeutunut illallispöytään luonnon helmassa
hyttysten ininässä.

Ikaros katsoi ikkunasta kadulle. Alkoi hämärtää.
Teki mieli vetää verhot ikkunan eteen mutta hän tiesi
ettei vetäisi vielä. Ulkona tuuli nyt puuskittain. Pime-
nevässä katukuilussa pyöri oransseja ja punaisia leh-
tiä, hän erotti värit hämärtymisestä huolimatta,
koska lehtiä kasaantui katuvalopylväiden ympärille.

Humalainen mies käveli mäkeä ylös ja mölisi, raitiovaunun kilkatus risteyksessä peitti mölinän hetkeksi. Täällä raitiovaunut antoivat itsestään merkin aina kun ajoivat risteykseen, toisin kuin kotikaupungissa, jossa varoitusääni annettiin vasta ilmeisen vaaran uhatessa.

Voisiko tästä johtaa analogian keskustelukulttuuriin tai käyttäytymiseen sosiaalisessa mediassa? Täkäläisessä kulttuurissa asian sanomista pohjustettiin lausein, joissa avattiin viestille väylä ja samalla tunnusteltiin ollaanko samalla kanavalla, aaltopituudella, taajuudella, toisin kuin kotona, jossa asian sai töksäyttää valmistelematta. Sosiaalisessa mediassa tämä näkyi viestiä itseään kommentoivana johdantona viestin alussa, asian tärkeyden korostamisena, joskus jopa vastaanottajan motivoimisena.

Kotimaassa sosiaalisessa mediassa mielen lietekerrostumat valutettiin estoitta julki. Ennen sitä tekivät kirjailijat ammatikseen; nämä yhteisönsä totuudentorvet antoivat haastatteluja, joissa valittivat kuinka raskasta oli eläytyä romaanin inhaan ihmiseen, oli tämä sitten murhaaja, raiskaaja, pedofiili tai poliitikko. Jotkut pitivät toipumislomaa lasaretissa käsikirjoituksen luovuttamisen ja kirjan julkaisemisen välissä.

Tällainen äärimmäisen ponnistelun, rasituksen, rutistuksen ja toisaalta joutilaisuuden, levon, nollaamisen vuorottelu oli tuttua minullekin vuosien ajalta, sitä voisi sanoa kaksisuuntaiseksi häiriöksi, ellei se kohdallani olisi kaikkea muuta kuin häiriö – se oli työrytmi, ainoa tuntemani tapa nousta ja vaipua ja taas nousta ja vaipua, lentää kohti aurinkoa Ikaroksena, Hermeksenä laskeutua kuoleman syvyyksiin.

Mies, jolle olen antanut nimen Ikaros, oli vaipunut nojatuolissa ikkunan ääressä kevyeen horrokseen. Tuntui kuin hän ei enää olisi voinut liikuttaa raajojaan. Näin kävi aina joskus. Lääkitys ei ollut kohdallaan, liikaa rasitusta ja väsymystä. Elimistö otti pakolla leponsa. Päässä sentään liikkui, vaikka ei käsissä eikä jaloissa. Mutta se mikä hänen päässään liikkui ja se kuka hänen päässään sanallisti ajatuksia, oli Hermes hänessä.

Hän oli juuttunut nojatuoliin ja hänen tajunnantilansa Hermeksenä oli juuttunut Zeitgeistin, ajanhengen, kuvailuun, aivan kuin olisi kirjoittanut kommenttia nettiin vaikka vasta sanaili mielessään.

Perinteisesti trubaduurit, kirjailijat ja hovinarrit ovat saaneet öykkäröidä ammatikseen muiden puolesta vahvasti suojeltuina. Tavataan sanoa: "Tämä on (vain) pilkkalaulu, satiirinen romaani, parodinen esitys." Ymmärretään, että taiteen luoma "todellisuus" ja sen ilmentämä "totuudellisuus" on todellakin lainausmerkeissä. Nyt someaikana kuka tahansa on trubaduuri, kirjailija tai hovinarri, eikä tarvitse edes osallistua television kykykilpailuihin. Osaamisensa esittäminen on helppoa ja halpaa paitsi ilman kilpailuja myös ilman organisaatioiden tukea, agentteja, kustantajia, kuraattoreita, galleristeja, tuottajia, ohjaajia, rahoittajia.

Millaisin seurauksin? Sellaisin seurauksin, että mokaaminen ja munaaminen paisuvat arvaamattomiin mittoihin. Ennen oli niin, että kapakka- ja pukuhuonekeskustelut käytiin pienen piirin sisällä. Jos oli törppö, oli törppö kouralliselle ihmisiä. Nyt ollaan törppöjä kaikille. Huolestuneena toistellaan, että keskusteluilmapiiri on raaistunut, että yön pimeydessä kirjoitetaan mitä törkyä milloinkin sattuu mieleen juolahtamaan. Mitä tekevät lukijat, kuuntelijat, katsojat? Siirtyvätkö nämä ammattitaiteilijoiden seuraajista julkisuuteen pyrkivien "oikeiden ihmisten" tunteiden ja tuiskahdusten seuraajiksi? Osa on siirtynyt jo. Kirjallisuus ei kiinnosta enää niin kuin ennen, nyt todellisuuden draamat vetävät pidemmän korren.

Ikaros tuskin olisi kieltänyt tosiasiaa, että jos hänen jokainen sosiaalisen median viestinsä kerättäisiin yhteen, jos kaikki hänen puheenvuoronsa ja kommenttinsa koottaisiin, niistä saisi analysoiduksi ja profiloiduksi persoonallisuuden, joka olisi vain likimain hän itse – persoonallisuuden sijaan pitäisikin kai puhua imagosta sosiaalisessa mediassa. Näin rakennettu kuva olisi suuntaa-antava, mutta tarkasti tulkiten hänen todellista henkilökuvaansa laajempi, ulotteikkaampi, haarovampi, silti samaan aikaan kärjekkäämpi, kähäräisempi, kärkevämpi, käskevämpi.

Jos hän olisi ajatellut asiaa, hän olisi ehkä äkkiä nähnyt luonteenomaisia piirteitä korostavan kuvan siitä, mitä hän keskustelijana oli, mutta – huomatkaa – hän ei olisi tunnistanut kuvasta itseään. Hän ei olisi voinut tunnistaa kuvasta itseään, sillä kuvassa olin minä, Hermes, aakkosten keksijä ja runoilijoiden suojelija.

Tunnuslauseekseni olin ilmoittanut: *Kirjoittaminen on olemassaoloa.* Minulle kirjoittaminen oli olemassaolon ehto siinä kuin hengittäminen, ravinto, liikkuminen ja ihmisten väliset siteet, yhteisöt, verkostot.

Nojatuoliinsa halvaantuneena Ikaros ei olisi ymmärtänyt, että hänen todempi minänsä ja luonteensa, hänen aidompi identiteettinsä, persoonallisuutensa ja temperamenttinsa, näyttäytyivät kirjoitetussa ilmaisussa uskottavammin kuin oireyhtymään liittyvissä liki loputtomissa teoissa, levottomissa puheissa ja karkeissa ajatuksissa.

Ymmärtäminen – oliko se yliarvostettua? Miksi häntäkään pitäisi ymmärtää? Kenenkään? Miksi ihmiset halusivat, että heitä ymmärrettäisiin? Mitä se oli?

Odottamattomat sanat yllättävissä tilanteissa vaikeuttivat ymmärtämistä. Alussa matkan odotus, sitten matka kuin uni vain, verhon liikahdus, kosketus puutarhassa omenapuun alla. Tietenkin kirjoitan sinusta, miten muuten voisi olla. Nämä matkat, nopeasti unohtuvat, jääkiille viiltää säärtä, olet jo poissa, murentuva lehti polulla, muisto lopussa.

Oikeasti olin ensimmäisellä kirjoituskerralla kirjoittanut tähän mennessä vasta harvoja sivuja täyteen. Tapahtumien sijoittelu sivunumeroiden mukaan oli arvauksiin perustuvaa, voisi sanoa toiveajattelua. Käytännön näkökulmasta ajateltuna voisi puhua itselle annetuista työmääräyksistä, tavoitteellisista merkkikepeistä, askelmerkeistä, projektisuunnitelmasta, budjetoinnistakin, jos otti huomioon kirjailijana elämisen rahalliset ehdot ja edellytykset.

Nyt täydentäessäni kirjaa en ymmärrä, mitä olin tarkoittanut kirjoittaessani, että olemme tulleet kertomuksen vedenjakajalle, tarinan taitekohtaan, juonen kääntöpisteeseen, jossa tähän mennessä kirjoitettu oli jätettävä taakse ja jatkettava kirjoittamista aivan kuin alkupuolta ei olisi.

Minulle tulee mieleen kaksi tulkintaa, jotka ovat mahdollisesti ristiriidassa. Ensiksikin ehkä tarkoitin sitä, että minulla on taipumus unohtaa kirjoittamani heti kirjoitettuani, lauseet putoilevat saman tien muistin reunalta tyhjyyteen. En jää niitä lukemaan, korjailemaan enkä rypemään ihastuksessa enkä närkästyksessä.

Toiseksi saatoin tarkoittaa sitä, että omia kirjoja ei pitäisi lukea, koska luettuun liittyy kaikuja ajatuksista ja suunnitelmista, joita kirjoittaessa oli mielessä. Kirjoittajalleen teksti on yhtä raskasta lukemista kuin on jauhosäkin kantaminen naapurin isännän aitasta metsän läpi omalle mökille ilman lepoa, laskematta säkkiä kertaakaan maahan.

Koska minun piti kirjoittaa Ikaroksen tarina, ei minun, jätän edellisen aiheen tähän ja yritän keskittyä hänen tapaukseensa.

Ikaros siis oli keski-iässä löytänyt toimintaympäristökseen, vaikuttamisalakseen ja pätemiskentäkseen vapaaehtoisen järjestötyön, jota hän oli nyt jo kymmenen vuotta toteuttanut potilasjärjestöissä.

Hän oli kirjoittanut esseitä ja artikkeleita useisiin lehtiin. Hän oli vieraillut liiton, yhdistyksen ja kerhojen tilaisuuksissa luomassa suhteita. Hän oli halunnut nähdä mitä vastaavassa asemassa olevat olivat ajatelleet ja tehneet muualla maailmassa. Hän oli puhunut, laulanut, keilannut, tanssinut, pelannut, marssinut, juossut, uinut, nainut, matkustanut, hymyillyt, vaikka monesti oli panta kiertänyt päätä silkasta väsymyksestä.

Mutta hän oli samalla imenyt voimaa kaikista kohtaamistaan ihmisistä sekä toteutuneista teoistaan, olivatpa nämä hänen puolellaan, onnistuneita, pelkkää plussaa tai siten vastakarvaisia, tuloksettomia, miinusta viivan alla, sadattelun saattelemaa.

Jatkan vielä, sillä muutama asia vaatii käsittelyn, eritoten hänen ripustautumisensa, joka oli ikiaikainen jäänne metsästäjäkaudelta, niin hän sen oli ajatellut, metsästäjä- ja keräilijäkaudelta – hän paitsi metsästi, myös keräili, tallensi sekä mieleensä että konemuistiin.

Hänellä oli salainen kansio, hänellä oli tiedostoja,

taulukoita, täytettyjä lomakkeita, ominaisuuksien kartoituksia, vuosia, kuukausia ja päiviä kuvaavia pylväitä ja käyriä. Mikään ei pääsisi unohtumaan. Hän muistaisi. Jos ei ulkomuistissa, niin ulkoisessa muistissa.

Ikaros ei olisi tänään läsnä näyttelynsä avajaisissa, ei hän koskaan ollut, ja vaikka hän taiteellisena ammattinaan kuvasi ihmisiä, itseään hän ei sallinut kuvattavan saati tunnistettavia kuvia itsestään julkaistavan. Hän ei halunnut olla kaikille tuttu, kadun kulkijoiden tuijotuksen ja moikkailun kohde, sellainen teki hänestä itseään tarkkailevan häiritsevällä tavalla, jokin neuroosi kai, mutta niin oli ollut aina, jo lapsena, jolloin hän oli paennut kuvattavaksi tulemisen kauheutta irvistelyihin, suun venyttelyyn sormilla, esineiden työntämiseen sieraimiin, piereskelyyn korostunein elkein, honottamiseen, hihittämiseen, kirkumiseen, oksennusrefleksiin, itsensä kourimiseen ja lantion liikkeisiin, mikä tuona aikana oli ollut tavatonta, röyhkeää, rivoa. Nyt tuollaisen ymmärtää oireyhtymän varhaisiksi merkeiksi.

Tällä kertaa näyttelyn valmistaminen oli ollut monilta osin erilaista kuin ennen. Oli oma temppunsa saada lajitoverit alastonkuvan malliksi, ja toinen taisto piti käydä, jotta kuvat saatiin suurina tulosteina näytteille gallerian seinille.

Kuvaussessiot olivat olleet intensiivisiä, riehakkaita, usein jonkin sortin seksuaaliseen kanssakäymiseen johtavia, useammin hyväilyihin kuin yhdyntöihin.

Olin muutaman kerran todistamassa tapausten kulkua, enkä voinut välttyä ajatukselta, että kuvausprosessi perustui tarkkaan harkittuun suunnitelmaan ja toimintamalliin, joka otti huomioon vaihtelun, häiriötekijät sekä mahdollisen vastustuksen, jonka murtamiseen oli oma keinovalikoimansa.

Ikaros soitti naapurihuoneeseen, kuuli puhelimen hälytysäänen seinän läpi, mutta C ei vastannut. Sillä täytyi olla korvatulpat. C oli tullut mukaan heidän toimintaansa *Kosketa minua* -hankkeen aikana, yhdessä viikonlopputilaisuudessa jossain hotellissa, olikohan se itäisessä maakunnassa. He olivat sattuneet kaksistaan iltapäiväkahville samaan pöytään, oikeastaan siitä asti hän muisti C:n.

V sen sijaan oli ollut yhtenä osallistujana tilaisuudessa, jossa heidän kerhonsa oli saanut alkunsa. Moni kahdestatoista perustajajäsenestä oli jo jättänyt kerhon ja toiminnan, jotkut toistaiseksi palataakseen mukaan taas, kun olisi mielenkiintoista ohjelmaa, muutamat myös lopullisesti joko muutettuaan toiselle paikkakunnalle tai lähdettyään manan majoille, satuaan tuntea oireyhtymänsä kourivuuden. Hän ei kauheasti niitä halunnut ajatella, oli elämässä vaikeuksia muutenkin kuin että olisi antautunut kuvittelemaan itselle samaa vääjäämätöntä kohtaloa kun näille ihmisparoille.

V:stä oli tullut hänen työparinsa moneksi vuodeksi. Hän oli kerhon puheenjohtaja, V sihteeri ja ohjelmapäällikkö. V pulppusi ideoita asioista joita voisi tehdä, paikoista joissa voisi käydä, tapahtumista joihin voisi osallistua. V oli kuin tapahtumakalenteri langattomalla yhteydellä, jatkuvasti päivittyvä, jatkuvasti pälpättävä, jatkuvasti tulossa, menossa, jo siellä jossain ja nyt äkkiä takaisin. Hän piti V:stä, kaikesta siinä, mutta V ei koskaan ilmaissut kiinnostustaan häneen, jos sellaista edes oli. Pahimmillaan hän tunsi olevansa kuin teini-ikäinen kaukorakastaja, perässä kulkija, salainen ihailija vailla mahdollisuuksia. Ainoa etenemissuunta olisi ollut itsensä nolaaminen, hän tiesi sen, eikä tehnyt sitä, ihme ja kumma, mutta oli lähellä lukemattomat kerrat. Tämän kertominenkin on sen verran noloa, että en enää jatka kirjoittamista vaan säästän niin hänet kuin itseni täydelliseltä arvokkuuden menetykseltä.

Näyttely oli syntynyt hänen suunnittelemansa hankkeen yhtenä lopputuotteena. Rahoituksen haku oli onnistunut niin hyvin, että kahden vuoden projektikoordinaattorin palkan lisäksi rahaa oli riittävästi matka- ja materiaalikuluihin. Suurten valokuvien teettäminen kiertävää näyttelyä varten ja näyttöruutujen ja tietokoneiden hankinta oli mahdollista.

Naked. Shaked. Faked.

Ikaros oli kuvannut raajojaan hytkytteleviä ja ravistelevia alastomia ihmisiä. Monet niistä olivat hänen järjestötuttujaan, mutta ei hän niitä kuvissaan eikä videoissaan ystävinään tai tuttuinaan nähnyt, ne olivat muuttuneet materiaaliksi, aineeksi, kuin saveksi tai pigmentiksi, puupökkelöksi tai graniitinmöhkäleeksi, teräsputkeksi tai kuparipelliksi, sulaksi lasimassaksi tai yrteillä värjätyksi lankavyyhdiksi.

Kuvien ja filmien ihmiset olivat universaaleja, ikonisia, heraldisia hahmoja, joissa näki – jos uskalsi katsoa, katsoa tarkkaan ja keskittyneesti – paitsi itsensä myös esi-ihmisten ketjun hamaan liejussa ryömineen edeltäjän ensiliikahduksiin, ja tässäkin näyssä täysi kirkkaus, varma käsitys, toden tiedon kultajyvänen, ikiaikainen viisaus, että elämä jatkui niin hänessä kuin minussa katkeamattomana tuosta liejulätäkön partaveitsestä vieläkin varhempaan, aivan elämän alkuun: kaikki me olemme samasta syntyneet, ja kaikki me synnymme samasta yhä uudelleen, miljardit vuodet takanamme ja ikuisuus edessämme, maan tomua nieleskellen mieli kääntyneenä kohti ääretöntä.

Ikaros oli puhunut ja kirjoittanut elämän alkuaskeleista, ensiliikahduksista, ensimmäisistä aroista haparoinneista kohti toista, kohti kosketusta, mutta moni niistä, joille hän tyrkytti ajatteluaan, torjui hänet tuttuun tapaan.

Tyypillisesti ihmisten historiantaju ulottui muutaman sukupolven tai vuosisadan taa, suvun alkupiste kuviteltiin saatavissa olevien asiakirjojen perusteella, ikään kuin Laatokan rannalla aaltojen vaahdosta olisi syntynyt uusi suku, jonka kunniaksi laulettiin kadotettujen maiden lauluja, juotiin menetettyjen viinikellarien viimeisiä pullonpohjia, syötiin hävitetyn ruoka-aitan rauniosta kerättyä kuivalihaa ja suolasilakkaa, joka säilyi tönkkönä sukupolvelta toiselle, aina yhtä syötävänä, kotipolttoisella kyyditettynä.

Vaiheita – valokuvia – valheita. Jotenkin tämä odotusaika piti käyttää, jollakin täyttää, miksi ei vaikka muistelemalla niitä vaiheita, jotka olivat johdattaneet hänet kansainväliseen työhön ja valo- ja videokuvaprojektiinsa *Naked. Shaked. Faked.*, jonka näyttelyn huomaamattomia avajaisia vietettäisiin tänä iltana samalla kun kongressin avajaisia – huomaamattomia sikäli, että näyttely oli jo pystytetty ja avoinna yleisölle, vaikka ohjelmaan oli merkitty avajaisiksi tietty kellonlyömä myöhemmin tänään.

Ikaros meni käytävään, kääntyi oikealle naapurihuoneen ovelle, oli paikallaan hetken, kuunteli, ja koputti sitten. Hän seisoi hiljaa paikallaan. Huoneesta ei kuulunut mitään ääntä. Jos C nukkui noin syvää unta, ei olisi kohteliasta koputella enempää. Hän käännähti ja palasi omaan huoneeseensa.

Nyt kun minulle on suotu mahdollisuus tehdä kirjani toiseen laitokseen "välttämättömiä korjauksia", käytän tilaisuutta hyväkseni ja kirjoitan täydentäviä huomautuksia tekstin lomaan – ja uhkauksia vajaiden sivujen loppuun luoman pelon ilmapiiriä. En usko, että kustannustoimittajani huomaa näitä merkintöjä, ja jos huomaakin, tuskin älähtää... Älä edes yritä.

Tämä on romaani Tietoisuuden Lisäämisen Lyhdystä hölmöläisten säkkipimeässä. Ikaros oli käynyt puhumassa monissa tilaisuuksissa. Hän oli kirjoittanut artikkeleja alan lehtiin. Hän oli julkaissut mielipidekirjoituksia. Hän oli antanut haastatteluja niin johtavaan sanomalehteen kuin perhelehtiin, aikakauslehtiin, järjestölehtiin ja kaupan keskusliikkeiden lehtiin. Hän oli julkaissut useita kirjoja, joista osa oli saanut vaikutteita hänen oireyhtymään nivomastaan toiminnasta.

Kampanjat ja projektit, seminaarit, koulutuspäivät, kurssit. Radio ja televisio olivat käyttäneet häntä aamuteeveessä, keskusteluohjelmissa ja kulttuurimakasiineissa. Valokuvat ja videot näyttelyissä, lehdissä ja netissä vahvistivat kuvallisin keinoin hänen sanomaansa.

V oli valokuvauksellinen nainen, oli ainakin ollut silloin kun hän oli pyytänyt sen mukaansa matkalle itäisen meren yli vanhaan rantavaltioon, jossa käveltiin, laulettiin, voimisteltiin, halattiin, naurettiin ja suudeltiin järjestön asettaman tavoitteen hyväksi ja tunnettuuden lisäämiseksi. Kadulla ja kapakassa V esitti viettelijätärtä, muillekin kuin hänelle, mutta kun päästiin hotellin suojaan ja oman huoneen rauhaa V muuttui mummoikäiseksi siveäksi neitseeksi, jäykistyi ja alkoi vapista tai paremminkin täristä, niin että virkkeen lopussa on mahdotonta muistaa, mitä alussa oli. En kuitenkaan lue kirjoittamaani; jos lukisin, en pystyisi jatkamaan, sillä ei kirjoittaminen ole aloitettujen virkkeiden viitoittamista ja viemistä pisteeseen asti, vaan sanojen työntymistä esiin sieltä mistä niitä vähiten odottaisi, teloitettujen upseerien joukkohaudasta, metsästä vuosikymmenten kuluttua.

Hän soitti jälleen. Ihmeen sikeästi C nukkui. Tai sitten se ei halunnut vastata puhelimeen.

Ikaros ajatteli toimintansa ja työnsä järjestyneisyyttä viime vuosina. Luottamustehtävät ja -toimet kerhossa, yhdistyksessä, liitossa, mantereen liittojen kattojärjestössä sekä maailmankongressissa olivat solahtaneet hänelle helposti, kuin olisi pukeutunut mittatilauspukuun.

Hän oli omalla vähäeleisellä tavallaan asettunut ehdolle, pyrkinyt, mutta aina siten että häntä oli pyydetty siihen mihin hän päätyisi. Hän tiesi, että kun ehdotti jotain, niin vaikka sitä ei saanut, melkein aina sai jotain muuta.

Nämä ovat sallittuja tekoja, nämä olivat sallittuja sanoja.

Hän tunsi ajattelunsa ja puhumisensa rajat. Ne olivat ahtaammat kuin kielen rajat.

Vapaaehtoistoiminta ei ollut koko maailma, ei edes hänen koko maailmansa. Hän ei alun perin ollut ajatellut olevansa mikään tiedontason, tietämyksen tai tietoisuuden kohottaja, vaan yksinkertaisesti aktiivinen osallistuja ja toimija. Mutta keskusteluissa kerhoilloissa hän oli tavannut ihmisiä, jotka hyvin selkeästi tahtoivat ilmaista tekemisen tarkoituksen, tavoitteen ja käytössä olevat voimavarat.

Niin hänellekin kirkastui, että monet hänen tekemisensä olivat yleisen tiedontason kohottamista heidän ominaislaatunsa tutuksi tekemiseksi.

Joillekin oli turhaa puhua järjestötoiminnasta kovin korkealentoisin yläilmaotsikoin, koska oireyhtymään kuului ajattelun yksinkertaistumista, parasta oli pyytää laittamaan kahvikupit pöytään tai putsaamaan kahvinkeittimen. Se oli, minkä näki.

Ikaroksen menestynein ja jaetuin tiedontason kohottamiseen pyrkivä viestinnällinen saavutus oli nimillä *Yhdeksän doktriinia*, *Yhdeksän ukaasia* ja *9 käskyä* tunnettu komentokokonaisuus, joka oli levinnyt nopeasti sosiaalisessa mediassa.

Jossain määrin Ikaros piti käskyjään banaaleina huudahduksina, mutta hänen oli pakko yksinkertaistaa moniulotteiset toimintakäskynsä sanoiksi, jotka tarttuivat kerralla mieleen ja muuttuivat kuullusta tai luetusta kielestä sisäistyneeksi tiedoksi ja toimintatahdoksi. Toimi! Kansainvälisty! Tiedota! Vaikuta! Tue! Kosketa! Ymmärrä! Itsenäisty! Kykene! Kymmenettä hän ei ollut koskaan ilmoittanut, ei julkaissut, ei sanonut missään, vaikka oli sen samalla kertaa keksinyt kuin muutkin. Rakasta!

Hän odotti, että 10. käskyn arvuuttelusta ja etsinnästä tulisi Aristoteleen kadonneen komediaa käsittelevän kirjan kaltainen mysteeri.

Harva ymmärsi karmean ironian, peitellyn ivallisuuden, jonka hän kohdisti itseensä hakatessaan kiveen hyvää tarkoittavat lakinsa.

Kehittämiskonsultit olivat ostaneet häneltä oikeuksia valmentaa työyhteisöjä ja muita ryhmiä hänen menetelmällään.

Hänen omaa niukkaa esitystä monin verroin paksumpia tulkinta- ja sovelluskirjoja oli markkinoilla jo useita. Niissä mentiin pidemmälle kuin hän olisi ikinä juljennut mennä.

Ikaroksen kipeä suhtautuminen kosketukseen oli tietoisen koskettamisen myötä muuttunut vähemmän ahdistavaksi. Kun oli lapsena rangaistu ruumista, kuritettu, hakattu, niin oli miltei ylittämättömän vaikeaa koskettaa ja antaa koskea ilman että rankaisumentaliteetti ottaisi vallan. Hänellä oli useita keinoja, joilla hän oli vuosia, vuosikymmeniä, satuttanut itseään, tehnyt ruumiilleen pahaa, vuodattanut vertaan.

Seksuaalista nautintoa hän pystyi kokemaan vain kipuun yhdistettynä, yhtäaikaisena, mikä aiheutti suuria ongelmia niiden seksikumppanien kanssa, jotka eivät suostuneet satuttamaan tai eivät edes ymmärtäneet, että sitä hän halusi, odotti, ja vihjaili erilaisin elein, liikkein, työnnöin, vedoin, väännöin, keinuttamisin, suunnan vaihtamisin, lähelle tuomisin, kohti ojentamisin, käden päälle panemisin, itseään tarjoamisin, ja jos ei mikään auttanut niin kar-

keuksin puhumisin, mikä usein johti pidäkkeettö-
mään törkypuheeseen.

Se ei ollut kaunista katseltavaa, tämän voin van-
noa, sillä niin monta kertaa hän asetti minut tukalaan
tilanteeseen jättämällä verhot vetämättä, valot
päälle tai oven auki, niin että jouduin näkemään sel-
laista mitä ihmisen ei pitäisi nähdä, saati kaltaiseni
jumalten pojan.

Tämä kirja alentaa ylentäessään, näyttää keski-
sormea ylistäessään. Kun kirjoitan, että tämä on ro-
maani Vuorovaikutuksen Sumutorvesta miljoona-
kaupunkien läpitunkemattomassa savussa, yhteisöl-
lisen Ihmisverkoston Punomisen Shamaanista tata-
milla, Osallistamisen Silmänkääntäjästä persialaisella
torilla, kirjaimellisesti lukiessa joutuu vaikeuksiin.
Kaikessa tuossa on itua, totuutta sen verran, että Ika-
roksen tuntee kuvailuista, mutta sananvalinnan ylivi-
rittyneisyys pakottaa lukemaan salaivan silmälasein.

Ikaros oli ottanut ystävällisesti vastaan kerhon uu-
det jäsenet, kiinnittänyt heihin erityistä huomiota ja
yrittänyt saada muutkin mukaan, jotta uudet ihmiset
tulisivat nopeasti tutuksi ja ryhmän jäseneksi. Hän oli
ryhmän dynamiikan tuntija, sellaiseksi hän oli kehit-
tynyt työssään, tietenkin opiskellut teoreettisen pe-
rustan, jonka varaan oli käytännön ryhmätilanteet
rakentanut. Hän oli aina painottanut, että vuorovai-
kutus edellytti toisista kiinnostumista ja toisten
kuuntelemista.

Vuorovaikutuksesta suhde E:nkin kanssa alkoi.

Tietoisista yhteydenotoista, viesteistä, lauseista, joita hän kirjoitti ja puhui ja joihin E vastasi. Pian oli kyse muustakin kuin dialogista, viestinnästä, ajatusten vaihtamisesta. E oli suostunut alastomana kuvattavaksi taiteeellis-yhteiskunnallisista syistä.

Kun ihmiset olivat valmiiksi alasti, oli luontevaa ottaa puheeksi rentouttava, lohduttava, parantava kosketus. Helppoa se ei ollut mutta ymmärrettävää ja kuvaamisen jälkeen hyväksyttävää.

Ainakin joskus. Monelle kynnys koskettamiseen oli korkea, joillekin liian korkea, ja miltei aina hän sai tehdä töitä, suostutella, usein imarrella, hivellä sanoilla ennen kuin kädellä, ja jos ei auttanut puhuminen ystävällisesti niin sitten vaativasti, ankarasti, uhkaavasti, niin että rangaistus oli miltei jo koettavissa vasta kun sillä uhattiin.

Tämä on romaani Vertaistuen Velhosta ohi katsovien paritanssissa. Ikaros oli itsekin osallistunut vertaistukiryhmään, jossa oli tuntenut olevansa... ylivertainen. Suuruuden tunteet olivat vaivanneet häntä jo ennen diagnoosia, viisitoistavuotiaasta alkaen, sikotaudin ja aivokalvontulehduksen jälkeen. Hän tiesi. Hän osasi. Hän kykeni.

Mielestään Ikaros oli toiminut verrattomana vertaistukena, vaikka ei ollut saanut koulutusta sellaisena toimimiseen. Kun hän vertasi omia taitojaan vertaistukiryhmässä vetäjien taitoihin, hän oli ylivoimaisesti parempi, jopa parempi kuin A. Torstai-kahvilan hän oli vuotta myöhemmin perustanut voidakseen olla vuorovaikutuksessa ja vertaistukitilanteessa kerhotapaamisten ulkopuolella, erityisesti V:n kanssa. Torstai-kahvila oli tutustuttanut hänet muutamiin mielenkiintoisiin ihmisiin, joista sittemmin tuli tärkeitä tukipilareita kerhoon ja yhdistykseen.

Matka kolme vuotta sitten oli tuonut hänet valtameren tälle puolen, mantereen pohjoisimpaan itsenäiseen valtioon, jossa hän oli seuralaisensa E:n kanssa matkustellut tutustumassa niin suurkaupunkeihin kuin maaseudun viinitiloihin, niin arkkitehtonisiin kuin luonnon nähtävyyksiin. E oli ollut toimeliasta seuraa, luontainen matkanjohtaja, utelias ja nopea hoksaamaan, mitä milloinkin oli tehtävä. Siinä kun hän harkitsi ryhtyisikö rupeamaan, E oli jo toimessa. Hän oli hätkähtänyt, kun E oli ennen lähtöä sanonut, että seksi ei sitten ole maksu siitä että hän on kustantanut matkan. Hän oli kieltänyt, että olisi ajatellut mahdollista seksiä vaihtokauppana tai maksuna. Jos seksiä olisi, sen pitäisi syntyä senhetkisestä tunteesta, fiiliksestä, kiihottumisesta, halusta, himosta. Niin oli käynytkin. He olivat halunneet kumpikin, ja hän oli ylittänyt itsensä pystymällä rakastelemaan monen tunnin juomisen jälkeenkin. Nyt hän oli taas samalla mantereella, tällä kertaa etelämpänä ja lännempänä, eikä E ollut mukana kuin muistoissa. Nyt piti olla C:n vuoro, mutta oliko sittenkään?

Kai tällä moninaisella sanailulla on syvempi, salattu, häränsilmään osuva merkityksensä, mutta sen perkaaminen, siilaaminen ja kokoon keittäminen jää jonkun muun tehtäväksi. Siinä on jo tarpeeksi, että kerron ja kirjoitan tämän, tunnustan kanssarikolli-suuteni. Olisi liikaa vaadittu, että ymmärtäisin jokaisen kätketyn ajatuksen.

Missä tahansa tässä huoneessa, milloin tahansa, Ikaros saattoi muistaa mitä tahansa. Tämä oli kaikkia kaikkialla kaiken aikaa koskeva totuus, jota ei haluttu ajatella, ei tunnustaa, ei pitää mahdollisena. Niin paljon oli unohdettavaa, salassa pidettävää, valehdeltavaa. Niin vaarallista oli unohtamattomuus.

Hän muisti murrosikäisenä poikana ja vielä nuorena miehenä miettineensä, että miksi ihmiset eivät ajattele ja puhu seksistä, hän kun ajatteli sitä usein ja paljon. Oliko hän mieleltään sairas, kun seksiasiat niin paljon kiinnostivat häntä, vai olivatko muut ihmiset samanlaisia mutta eivät näyttäneet sitä muille, pitivät sisällään ja avautuivat vain puolisonsa tai muun sänkykumppaninsa kanssa. Kotona isä ja äiti eivät puhuneet seksistä, sitä ei mukamas ollut, vaikka tietysti aina jotain tihkui eleistä, katseista, puheista.

Tässä kaikki, lyhyesti, aivan kuin olisin juuri kertonut romaanin juonen, tarinan, tapahtumat järjestyksessä, vaikka olen tehnyt sen toisaalla, mutta mitä siitä, se ei ole merkitsevää, koska ei romaanin lukemisen nautinto synny siitä, että saa tietää tarinan, se on vain pintaa, ehkä houkutin, myyntipuhe, se on sitä paitsi usein kerrottu takakannen tai kansiliepeen

teksteissä, joskus kääntäjän esipuheessa, ja klassik-
koteosten tarinan tunnemme muusta taiteesta, elo-
kuvasta, teatterista, oopperasta, jopa sarjakuvasta.
Tämän asian paikka olisi siis synopsiksen yhteydessä,
mutta olen kadottanut sen, hukannut käsikirjoitusvi-
hon salalokeroihin ja tiedoston suonsilmiin, hetteik-
köihin, lammen rantakaislikon mutaan.

Tässähän se synopsis on heti seuraavana. Viittaan
edellisen luvun lopetuskappaleen ihmetykseen.

Ikaros odotti hotellihuoneessaan koko illan C:n,
naapurihuoneen naisen, heräämistä. He olivat läh-
dössä kongressin avajaisiin, siellä olisi myös hänen
valokuva- ja videonäyttelynsä ja seuraavana päivänä
hänen oli tarkoitus luennoida koskettamisesta.
Vaikka hän aavisti, että C oli jo lähtenyt, hän odotti
koko illan. Hän odotti, kun hämärtyi, yhä hän odotti,
kun tuuli yltyi, hän odotti edelleen, kun vihmoi sa-
detta, hän vain odotti, kun pimeni. Odottaessaan
hän kävi läpi historiaansa ja kansainvälistymispyrin-
töjään.

Hän muisteli naisiaan, joista oli ollut riippuvainen,
nytkin, vaikka hoksasi, että C oli mennyt, myönsi sen
minkä oli aavistanut, oli kykenemätön lähtemään,
mieluummin jäi.

Olo oli arvoton. Ikaros tiesi, että avajaisissa hän
olisi hehkunut, mutta olisiko se ollut omaa lämpöä,
valoa, loistetta, vai heijastusta toisista.

Kuinka hän oli joskus ajatellut äärimmäisiä kei-
noja, jotta saisi toisesta arvoa edes lainaksi, edes

siksi hetkeksi, kun tämä pelkäsi kuollakseen väkival-
lalla uhkaamista, puukon pitelyä kurkulla, lihaveitsen
terävää kärkeä kylkiluiden välissä, nyrkkiä naaman
edessä, polvea valmiina potkaisemaan kasvoihin,
kakkosneloslankkua kohotettuna lyöntiin tarkoituk-
sena halkaista kallo, jyrkänteen reunalla riiputta-
mista, sidottuna veteen heittämistä, bensalla valele-
mista, auton perässä raahaamista – näillä kuvilla ei
ollut loppua.

Ikaros oli käynyt kolmannen kerran käytävällä ko-
puttamassa. Hiukan napakammin. Turhaan. C nuk-
kuu, hän oli ajatellut, nukkuu avajaisillasta ohi, ja sa-
malla siinä on ajatus että hän itse nukkuu elämänsä
ohi.

Hänelle tuli mieleen alkuajat järjestössä. Hän oli
kummeksinut ja paheksunut vanhojen ukkojen kak-
simielisiä ja riettaita puheita, härskejä vitsejä, henki-
löön käyviä huomautuksia, useimmiten naisiin koh-
distuvia, ulkonäköön tai kuviteltuihin tapoihin ja te-
koihin.

Sitten hän oli tottunut.

Ja nyt... oliko hän yksi niistä? Häneltä oli livahta-
nut tälläkin matkalla, että ai kun tuntui hyvältä kä-
dessä, kun joku naisista sattui tarttumaan hänen kä-
teensä. Ja hän oli ihastellut ääneen, kuinka hyvältä
hamekankaan liike vuorikangasta vasten tuntui, kun
hänen kätensä jäi ihmeellisesti pöydän ja naisen lan-
tion väliin. Hän oli vain viattomasti vailla taka-ajatuk-

sia siirtämässä pöytää, jotta voisi herrasmiehenä antaa tilaa poistuvalle naiselle.

Hän oli toteuttanut valtakunnallisen kampanjan *Kosketa minua*. Sitä varten oli tilattu digitoimistosta nettisivut uutis- ja keskustelupalstoineen. Hankkeen ohjausryhmään hän oli kutsunut luotettujaan ja kieltäytynyt kutsumasta sellaisia, joita muut ehdottivat, mutta jotka hän tiesi ja ennen kaikkea tunsi vihamielisiksi hänen tekemisiänsä kohtaan.

Kosketa minua -hanke oli johtanut romanssien ja suhteiden vyöryyn ympäri maan niillä paikkakunnilla, joilla he pitivät kosketteluviikonloppuja.

Eilen hän oli yrittänyt jälleen koskettaa, kun he olivat C:n kanssa tulleet vuorelta alas lääkeyhtiön iltavastaanotolta, he olivat kävelleet käsi kädessä ja hän oli ollut varma, että nyt C tulisi hänen huoneeseen, mutta ei se tullut, se oli ovella äkkiä kääntynyt omaa oveaan kohti ja ollut kuin hän ei siinä olisi ollutkaan. Ehkä sen oli pakko sulkea hänet ulos katseen kehästä, niin ettei hänen silmänsä voineet ottaa sen omia silmiä panttivangeikseen, ja ettei hän voinut marssittaa katseen siltaa pitkin vietteleviä kerubejaan, amorejaan, sfinksejään. Hän oli kuvitellut pyjamabileitä ja vierekkäin makaamista, mutta ei ollut kuitenkaan saanut ehdotetuksi.

Kolmas soittokerta.

Tihentyvä yksinäisyyden tunne. Ne olivat jättäneet hänet, hylänneet, vaikka hänen ansiostaan ne olivat täällä. Miksi? Mitä oli tapahtunut? Oliko hän pettänyt niiden luottamuksen jossain asiassa? Oliko hän ollut liian mörökölli, kielteinen, ei hauskaa matkaseuraa lain?

Antakaa minun kiduttaa häntä!

Tämä romaani on kääntymässä ruikutukseksi Kyvyttömästä Ripustautujasta, aivoja rappeuttavan oireyhtymän runtelemasta, joka vasta äärimmäisessä yksinäisyydessään ymmärtää puutteensa, riippuvuutensa ja kyvyttömyytensä, muille niin ilmeiset.

Toistuvasti Ikaros huomasi olevansa yksin, niin tällä matkalla kuin muutenkin. Hänen yhden hengen huoneensa sijaitsi tyypillisesti kaukana muun porukan kahden hengen huoneista – tämä hotelli oli poikkeus. Monesti matkan aikana hän oli ollut tietämätön muusta porukasta, missä se oli, mitä se teki, millä aikataululla. Ne eivät vastanneet puhelimeen, koska kertomansa mukaan pelkäsivät suuria datalaskuja. Hän oli sanonut, että hänen puhelimensa olisi koko ajan auki, hänelle voisi soittaa mihin aikaan vaan, mutta eivät ne soittaneet.

Hän oli kävellyt yksin hotellin käytävillä, käynyt vastaanotossa ala-aulassa katsomassa, istuiko siellä joku häntä odottamassa. Hän oli käynyt hotellin baarissa juomassa rommia, mutta tuttuja ei näkynyt. Missä ne voisivat olla? Jonkun huoneessa? Mutta ei hän voisi mennä utelemaan huoneiden numeroita vastaanotosta, eikä haravoida niitä läpi.

Hän muisti kuinka *Kosketa minua* -hankkeen viikonloppuna maaseutuhotelissa vapaan ohjelman aikana ihmisiä oli pyydetty yhteen huoneeseen paukuille. Mutta ei kaikkia! Ja pian oli piru merrassa, paholainen irti, ja syytökset salaseurasta ja syrjimisestä sinkoilivat sakeina. Yksien yhteinen ilon hetki oli toisille kidutusta ja kärsimystä.

Nytkö kohtalon pyörä pyörähti ja hän oli saamassa rangaistusta? Maailmankaikkeus kostaisi? Välitön oikeus toteutuisi.

Ikaros oli käynyt suihkussa sillä välin kun C oli vetäytynyt huoneeseensa lepäämään, ja nyt hän odotteli, että se tulisi koputtelemaan ovea niin kuin oli luvannut. Naapurihuoneessa oli hiljaista.

Hän istuutui nojatuoliin ja avasi television. Täällä näki samoja sarjoja kuin kotimaassa, onneksi hän oli lukenut vieraat kielensä niin että tuli toimeen, selviytyi, pärjäsi monimutkaisemmissakin tilanteissa. Hän piti television katselemisessa. Piti kovasti. Hän ei niellyt vihjailujani, väitteitäni tai suoranaisia syytöksiäni, että television katsomisen lisääntyminen oli merkki henkisten kykyjen heikentymisestä ja oireyhtymän pahentumisesta. Hän oli kirjoittanut sosiaaliseen mediaan, että oli melkein loukkaantunut epäilyistä.

Vaikka hän tunnusti kuuluvansa lajitovereihin, hän sanoi viihtyvänsä television ääressä muista syistä kuin tylsistymisestä. Hänellä oli aikaa, halua ja syytä töllöttää, päivitystä tehdessäänkin hän oli kat-

sonut yhtä lempiohjelmaansa, miljonäärejä sijoitta-
massa aloitteleviin tai laajentuviin yrityksiin, ja kir-
joittanut, että katseli mielellään kaikenlaisia opetta-
vaisia ohjelmia, romukasoja, vajoja ja varastoja ton-
kivia antiikkikauppiaita, kullankaivajia kun pakkanen
hyytää maat ja koneet, jättiläisrapujen pyytäjiä myrs-
kyisillä merillä, rekkakuskeja lumisilla, kapeilla, kuop-
paisilla ja töyssyisillä teillä ja ritisevällä jäällä, taval-
listen ihmisten panttilainaamoa, rikkaiden panttilai-
naamoa, murhasarjoja, joissa murhaaja oli puoliso,
tuttu tai ventovieras. Hän rakasti nyyhkyjuttuja ka-
donneista, jotka löytyivät kuolleina tai jäivät iäksi ka-
doksiin, rysän päältä kiinni jäävien puolisojen ja net-
tilempihuijareiden käräyttämisiä, ruotsalaista kome-
diaa, pohjoismaista sarjaa, eduskunnan kyselytuntia,
pressiklubia, kirjallisuusohjelmaa, ehdonalaista koi-
rakouluttajaa, eläinlääkäriohjelmaa, rajatarkastusta,
poliisia, miljonäärien vaimoja – tässä muutamia, hän
oli kirjoittanut, eikä sallisi itseään pilkattavan tästä.

Neljäs ja viimeinen soitto.

Ei vastausta.

Ikaros palasi muistelemaan televisiokeskustelua.
Häntä oli häirinnyt, että muutama ohjelma oli jäänyt
mainitsematta. Hän tiesi, että tällainen tunne johtui
oireyhtymästä, hän ei pystynyt päästämään irti, an-
tamaan ohjelmien olla, ja niin oli kirjoittanut listan:
ensitreffit alttarilla, amishit karkuteillä, pienten
perhe, säpinää kannen alla, lihava laihduttaa, laiha li-
hottaa, muusikot laulavat toisten lauluja, silmät

kiinni -suuteluohjelmat, stara- & talenttiohjelmat, koti- ja ulkomaiset räyhäkokit haukkumassa hotellin tai ravintolan omistajia, maailmaa matkaavat toisten pöydässä syövät kulttuurilainelautailijat ja nuoremman sukupolven lukuisat tositeeveepellet.

Mutta nyt hän oli jo liukumassa tarkastelemaan ohjelmia, joita ei itse asiassa seurannut, kunhan oli joskus katsonut jakson tai osan siitä, tutustunut, arvuutellut, olisiko tämä hänelle hyvä kielteisestä ennakkoasenteesta huolimatta.

Koska tämä on toistamisen, kertaamisen ja luetteloimisen kirja, asetan pohdittavaksi kumpi tapa nostaa sisällön painokkaammaksi, luettelointi sanat peräkkäin rivit täyteen vai listaaminen sanat allekkain lyhyin rivein ja luettelomerkinnöin. Ikarokselta en ehtinyt kysyä, kumpaa hän suosi, mutta koska hän oli valokuvaaja, niin luonnollisesti häntä kiinnosti myös tekstin asettelu sivulle.

Entä mitä vaikuttaa genre, kirjallisuudenlaji? Konventio on, että kaunokirjallisuudessa rivit täyteen, tietokirjallisuudessa luettelomerkit.

Mutta tarvitsiko hän niitä, muita, ollakseen onnellinen tai edes tyytyväinen? Eikö hän ollut kaikessa rauhassa käynyt hotellin baarissa, jossa oli aikaa viettänyt vain yksi seurue, muutama japanilaismies.

Hän oli kaikitenkin odottanut neljäkymmentäviisi minuuttia oman porukan tulemista, mutta turhaan — ne olivat kuka missäkin.

Tarvitsiko hän muita edes saadakseen seksuaalista tyydytystä? Eikö riittänyt, että hänellä oli toinen ajatuksissa, mielikuvissa, kun hän harrasti seksiä itsensä kanssa, tyydytti itse itsensä, kuten hän useimmiten joutui tekemään.

Neljännen kerran Ikaros meni käytävään koputtamaan viereisen huoneen ovea, nyt jo voimalla, paukuttaen, ovea nyrkillä takoen.

Riippuvuus naisista, naisten seurasta, A:sta tai V:stä tai E:stä tai C:stä tai kenestä tahansa, ilmeni aina kun edessä oli uusi paikka, uusi tilanne, uusi seurue: aina hän valikoi ihmisen, johon solmi nopeasti tunnesiteen, otti tämän puolisokseen, äidikseen tai isäkseen – hän tarvitsi toisen ollakseen hän, hän itse. Hän etsi turvahenkilön.

Hän kyllä tiesi, mistä tämä kaikki juontui, varhaisista hylkäämisistä, joiden merkitystä ja raskauttavuutta myöhemmät hylkäämiset olivat vahvistaneet. Ei ehkä ole reilua, mutta on rehellistä, käyttää oikeita nimityksiä. Kuten tässä: Milloin hän oli muuttunut turvanhakijasta saalistajaksi?

Hylätyksi tulemisen pelko oli voimakas ja pakotti tekoihin, joista ei voinut ylpeillä.

Ikaros pohti blogissa esiin nostamaansa kysymystä, mihin heidän porukkansa ja ylipäätänsä kongressiin vaivautunut väki kelpasi, mihin he olivat kelpoja, osaavia, sopivia.

Vaikka he olivat omasta tahdostaan järjestäytyneet yhdistyksiin, niin usein oli kuullut sanottavan, ettei lajitoveria pitäisi valita yhdistyksen puheenjohtajaksi vaan siihen pestiin tarvittiin ulkopuolinen terve ihminen.

Asia oli ajankohtainen hänen yhdistyksessään, jossa uuden puheenjohtajan valinta lähestyi. Lajitoveruus ei ollut este muualla maassa.

Entä vähintään yhtä vaativa luottamustehtävä eli yhdistysten muodostaman liiton puheenjohtajuus? Lajitoveri oli jo nähty siinä pestissä, mutta ennen seuraavaa vaalia maakuntien miehet olivat tehneet paljon taustatyötä, jotta tämä liiton ensimmäinen lajitoveripuheenjohtaja saataisiin pois.

Kokous oli ollut dramaattinen, myrskyisä. Paikkansa äänestyksessä menettänyt liiton puheenjohtaja oli kirjoittanut ja allekirjoittanut jo ennen kokousta tappion varalta eropaperinsa alueellisesta yhdistyksestä, jonka puheenjohtaja myös oli.

Hävinneen huuto kuultiin kokoussalin etuosasta ennen kuin ovi paukahti kiinni ja kylmä hiljaisuus laskeutui saliin, jonka seinissä kaikui muisto sanoista, että on hänellä parempaakin tekemistä kuin leikkiä heidän kanssaan. Uusi puheenjohtaja oli sitten pitänyt linjapuheen, jossa oli kertonut mikä kaikki muuttuisi ja mikä olisi heille parasta. Maakuntien miehet taputtivat kuuluvasti.

Olin siellä itsekin, ja näin ollen allekirjoitan kaiken, minkä Ikaros tapahtumasta muisti.

Ikaros oli laillani ollut yhteyksissä ja väleissä kaikkien osapuolten kanssa. Oli ollut vaikeaa muodostaa totuudellista kuvaa. Neuvotteluja naapuriliiton johdon kanssa pidettiin joko tavanomaisena liittojen johdon keskinäisenä tietojenvaihtotilanteena tai petturuutena, liittohallituksen selän takana toimimisena vailla valtuutusta tai toimeksiantoa.

Samanlaista kähinää hän ei ollut muulloin havainnut liiton puheenjohtajaa valittaessa, eipä hän ollut ollut valitsemassakaan.

Kelvollisuus oli tapetilla myös ihmissuhteissa. Jos nyt eläydyn, voin sanoa, että moni meidän tuntemastamme lajitoverista oli eronnut puolisostaan, kuka mistäkin syystä. Ajan myötä ne olivat solmineet uusia suhteita. Ilmassa oli ollut kysymys, kelpaako toinen lajitoveri uudeksi kumppaniksi vai pitääkö tämän olla normikansalainen voidakseen tarvittaessa tukea ja auttaa. Hän oli nähnyt molempia toteutuksia, hän oli nähnyt onnistumisia ja epäonnistumisia.

Jos oli tekemisissä laajemmin kentän kanssa, niin kuin Ikaros monta vuotta oli, huomasi pian, että oireyhtymästä huolimatta he olivat kykeneviä hyvin monenlaisissa asioissa. Niin kuin ihmiset ylipäätänsä. Monesti hän oli pohtinut keskustelupalstoilla, että oliko oireyhtymä ollenkaan erottava piirre. Ennen kuin aivan loppuvaiheessa, jolloin motoriset oireet lisääntyivät nopeasti ja hengitys salpaantui.

Siihen asti hän ei aikonut odottaa. Hän oli kehittänyt keinon, jolla henki lähtisi yöllä, nukkuessa, huomaamatta, ilman myrkkyjä, lääkkeitä, sähköä, tulta tai muuta ulkoapäin kajoavaa ainetta tai esinettä.

Hän oli jo kokeillut menetelmää, mutta laittanut kellon herättämään ja keskeyttänyt toimenpiteen kovin ponnistuksin. Nyt hän oli valmis järjestämään asiat siihen malliin, että tapausten kulku etenisi ratkaisuun kongressin avajaisiltana hänen ollessaan yksin hotellihuoneessaan.

Kun ottaa huomioon, että Ikaros oli Koskettamisen Suurlähettiläs maassa, jossa hipaisu oli häirintää, hänen vaikutuksensa koskettamisen kulttuuriin oli merkittävä.

Koskettamishoito oli alkanut vahingossa, mutta hän oli satunnaisesta kosketuksesta tehnyt havainnon, joka oli johtanut luovan ajattelun vauhdittamana menetelmän kehittämiseen, omaan ohjelmaan, jota hän edisti kurssittamalla kosketushoidon harjoittajia. Tämä opetuslasten kanssa työskentely oli muodostunut raskaammaksi urakaksi kuin hän oli ajatellut. Taso vaihteli liikaa. Mitään replikaa, kopiota itsestään, hän ei ollut onnistunut luomaan, ei sinne päinkään. Keskeistenkin periaatteiden juurruttaminen tasalaatuiseksi toiminnaksi oli, jos ei mahdotonta, ylivoimaista ja epätoivoista, niin ainakin äärettömän vaikeaa.

Hän oli jossain yhteydessä kertonut voimaannuttavasta työasenteesta, ja tuossa tilanteessa hän oli pitänyt parempana ottaa havaintoesimerkit työelämästä eikä järjestötoiminnasta, koska ei ollut halunnut liikaa juuttua tunnettuihin tapauksiin. Hän oli kertonut tapauksen, jossa hän oli perustanut kollegoilleen kekseliään ja toimeliaan keskustelufoorumin, jonka puitteissa he tapasivat kuukausittain aikomuksenaan kehittää työyhteisöä ja tuottavuutta. Työnantaja ei kauan katsellut sivusta vaan määräsi yhden päälliköistä foorumin koollekutsujaksi ja puheenjohtajaksi. Omatoimisuus ja kahleeton kekseliäisyys halvaannutettiin epäluottamuksella ja kyttäämisellä. Keskustelufoorumi muuttui ensin tavanomaiseksi palaveriksi ennen kuin se kuihtui pois osallistujien kadotessa yksi toisensa jälkeen. Viimeiseen istuntoon saapui vain koollekutsuja, päällikkö, joka totesi foorumin lopettavan toimintansa, koska henkilökunta ei ollut sitoutunut työyhteisön kehittämiseen.

Toinen esimerkki oli tiimitasolta. Hän oli kuulunut laajempaan tiimiin, jonka puheenjohtajana toiminut koulutuspäällikkö piti kokousten aikana loppumatonta monologiaan, yksinpuhelua. Kun hän oli läheisen työkaverinsa kanssa perustanut omaan toimintaansa tiimin, he ilmoittivat päällikölle, että tekisivät esityslistan ja johtaisivat puhetta itse. Päällikölle he olivat antaneet lyhyen puheenvuoron ilmoitusasioista, muutoin he olivat käsitelleet työnsä yksityiskohtia, joita päällikön olisi ollut mahdotonta alustaa ja esitellä. Järjestely toimi moitteettomasti pari vuotta, kunnes heidän toiminta-alansa päätettiin lakkauttaa ja heidät irtisanottiin. Päällikkö siirtyi toiselle osastolle.

Kotimaassa Ikaros oli törmännyt tekemisensä oikeutuksen kyseenalaistamiseen. Oltiinko heidän piireissään ahdasmielisempiä, pelokkaampia ja auktoriteetteja kumartavampia kuin muualla maailmassa?

Henkilökohtaisesti hän ei ymmärtänyt, miksi järjestön korkeimpiin luottamustehtäviin etsittiin tiheällä kammalla tunnettuja tekijöitä, edustavuuden nimissä, johtavia tutkijoita, mielellään huippuyksikön professoreita, vaikka eihän järjestötyö mitään tiedettä ollut vaan arkista asioiden hoitamista. Tämä suuntaus kieli jäsenistön heikosta itseluottamuksesta, uskalluksen puutteesta – ja vastuun vierittämisestä tahoille, joille se ei kuulunut.

Oliko syvään kumartamisen takana järjestön historia ja synty? Pitikö potilasjärjestössäkin alentua jumaloimiseen? Eikö seurakunnassa ahkeroiminen riittänyt tekopyhyyteen?

Hänellä oli kokemusta järjestötoiminnan monelta tasolta, ja kaikista löytyi niin onnistumisia kuin epäonnistumisia, häntä itseään unohtamatta. Vaikka hän ei koskaan ollut ilmaissut haluaan yhdistyksen tai liiton johtoon, häntä raivostutti, kun hänelle oli kerran sanottu, että hänestä ei milloinkaan voisi tulla puheenjohtajaa.

Hän ei kuitenkaan ollut halunnut tuolloin – se oli uusien jäsenten ilta – käyttää ässää hihastaan, ottaa esiin paljastavia yksityiskohtia, joita tiesi vastustajistaan. Hän oli jututtanut ihmisiä, jotka tekemisen lisäksi ajattelivat. Oli verraton kyky osata pitää suu kiinni ja korvat auki.

Potilasjärjestöjen tilaisuuksissa Ikaros esiintyi kirjallisuuden asiantuntijana, avasi itseään niin että minä pääsin esiin ja puhumaan hänen suullaan. Puhe poukkoili kirjallisuuden historian nippelitiedosta toiseen, mainiten Aristoteleen, Goethen, aina mukana tarina, että oli koululaisena kääntänyt Shakespearen *Myrskyn*.

Panin hänet liioittelemaan. Oikeasti olin lukenut sivun tai kaksi alkukielellä ja katsonut sanakirjasta merkityksiä. Olin kirjoittanut lyijykynällä muutaman muistiinpanon rivien väliin – että sellaista kääntämistä. Enemmän olin kääntänyt kirjan sivuja kuin näytelmän rivejä.

Kirjallisuustapahtumissa esiinnyin mieluusti oireyhtymän edustajana, puhuin vuorostani Ikaroksen suulla. Kaikki viime vuosien haastatteluni, jotka on tehty uusien kirjojen innoittamina, koskettivat Ikaroksen potilastarinaa: valtakunnan pääsanomalehden henkilökuvassa hehkutettiin, että taudista huolimatta hän oli julkaissut kolme kirjaa muutamassa kuukaudessa, television inhimillistä kiinnostusta osoittavassa ohjelmassa hänen kirjansa oli vain ponnahduslauta sairaudesta puhumiseen, aikakauslehdet, terveyslehdet, verkkouutiset – sama kaava: mainitaan uusin kirja, kerrotaan elämäntarina, avioliittojen vaiheet, vapaaehtoistoiminta. Kirjoista ei muuta.

Tällä matkalla hänelle oli valjennut kyvyttömyys

lähteä yksin, toimia yksin, valjennut perustavanlaatuinen kyvyttömyys uudella tavalla, niin että hän oli ymmärtänyt ja uskonut sen minkä oli aina tiennyt, pienestä pitäen, oli tiennyt mutta lakaissut unohduksiin maton alle, tiedostamattoman riesaksi. Hänkö Ikaros! "Saattaen vaihdettava", hän muisti lukeneensa ravintolavaunun kyljestä, samaa voisi sanoa hänestä, saattaen vietävä ulos, kaupungille, maalle, meren rantaan, tuuleen ja tuiskuun, keväthangille, uimastadionille ja urheilukentälle, huvipuistoon ja sirkukseen, kahvilaan ja galleriaan, kirjastoon ja kauppahalliin, näkötorniin ja kallion sisään louhittuun kirkkoon, raviradalle ja ulkoilmakonserttiin, luokkakokoukseen ja uuden vuoden ilotulitukseen, kapakkaan ja kissanäyttelyyn.

Kyvyttömyys sängyssä oli järkyttävän ilmeistä, kaikesta hänestä uhoavasta himon hajusta huolimatta. Hallitsematon on halu, kerkeää kuvittelu, vaan takkuista toteutus. Hän oli yrittänyt sinisten pillerien voimaannuttamana todistella kyvykkyyttään sänkykumppaneilleen, joskus näin apteekin avittamana onnistuenkin, mutta ei suinkaan aina.

Ihme, että kyvyttömänä hän oli saanut niinkin paljon aikaan. Hän ei ollut pelkästään puuhinut vaan myös puuhannut sillä tavoin vakavasti, että tuloksena oli ollut ansiokasta toimintaa, hopeisen ansiomerkin arvoisesti. Kerhon johtamista, tiedottamista, hanketyötä. Artikkeleiden kirjoittamista ja esitteiden toimittamista. Päätöksiä yhdistyksen hallituksessa, liittokokouksessa ja liittohallituksessa. Kulisseissa harmaantuvana eminenssinä yhdistyksen ja liiton asioita edistämässä. Artikkeleista ja blogipostauksista oli kasvanut kirjoja, joilla hän oli ruokkinut Hermes-ulottuvuutensa kunnianhimoa, kasvattanut kyljessään minua, koteloituvaa toukkaa, joka valmistautui irtoamaan hänestä ja muuttumaan kirjailijaksi. Kirjat ja valokuvanäyttelyt olivat vieneet hänet tiedotusvälineiden haastateltavaksi, aikakauslehtien kahden aukeaman selviytyjäsankariksi kokosivun valokuvin. Kumpi meistä lopultakin istui jakkaralla jalat harallaan ja nojasi sateenvarjoon tarkoituksena matkia kansalliskirjailijaa? Minä tuossa aukeaman kuvassa halusin olla, mutta Ikaros siinä oli, naama vääntyneenä toinen suupieli roikkumassa, niin kuin oireyhtymästä kärsivillä usein oli.

Ahdistusta hänellä oli ollut aina, nuoruusvuosista lähtien, niin kauan kuin hän muisti, niin kauan kuin minä muistin. Silloin kun ahdistukseen oli sekoittunut masennusta, hän oli ollut maassa, vetämättömissä, kyvytön huolehtimaan niin kämppänsä siisteydestä kuin omasta puhtaudestaan. Luomistyöllä hän oli nostanut itsensä upoksista pinnalle. Jalat irtosivat maasta, kun hän heittäytyi nokkeliin lausahduksiin, yllättäviin tekoihin, käsittämättömään koheltamiseen, jota kukaan ei ymmärtänyt.

Niin Ikarokselle kävi aina. Mihin tahansa uuteen yhteisöön hän liittyi, pieneen seurueeseen tai suureen joukkoon, työporukkaan tai naapurustoon, retkikuntaan tai joukkueeseen, kokoukseen tai palaveriin, ryhmään, tiimiin, porukkaan, lössiin, jengiin, niin aina hän loi vahvan tunnesiteen yhteen ihmiseen, turvasi tähän, ja useimmiten nämä olivat naisia, jos vain mahdollista, mutta lyseossa oli saatava kaveri pojasta, kun se kerran oli poikakoulu, oikeastaan sarjasta poikia, kuudelta lyseovuodeltaan hän muisti kolme parasta kaveria, bestistä, siviilipalveluksessakin oli tyydyttävä mieheen, mikä oli helppoa, koska tämä oli tummuudestaan ja karvaisuudestaan huolimatta feminiininen.

Ja kun hän jostakusta sai sielunveljen tai sielunsisaren, hengenheimolaisen, kanssakävijän, hän piti tästä kiinni, aisti tämän kautta, arvuutteli tämän ajatuksia ja tunteita, vaikka ei aina osannut kuunnella tämän puhetta, kun omat ajatukset tönivät toisiaan, niin että oli vaikeaa keskittyä yhtä aikaa oman mielen tyrskyihin ja kaikkeen siihen havaintojen tulvaan, mikä heitä ympäröi ja mistä hän yritti poimia merkitsevät viestit siitä näkökulmasta, että olisi symbioosissaan turvassa. Tämä oli ennestään tuttua minulle, mutta tällä matkalla piirre korostui, liittyminen toiseen kasvoi muuta toimintaa rajoittavaksi. Ymmärsin asian tärkeyden niin varhaisessa vaiheessa, että ehdin järjestää itselleni vastaavan kokemuksen liittymisestä voidakseni avoimin mielin siitä kirjoittaa.

Joskus elämä loppuisi, hänen elämänsä. Hän oli

sen asian kanssa sinut. Ja kun hän viimeisen koputuksen jälkeen palasi tyhjältä käytävältä huoneeseensa, hän tiesi ettei enää tulisi sieltä ulos.

Tässä se oli. Se oli tässä. Elämä. Niin paljon hänen elämänsä oli jo pitkään ollut päänsisäistä, vain muistoissa vellomista, ikään kuin olisi katsonut netissä vanhojen kotimaisten elokuvien uusintoja. Ne olivat aina menneen kuvitusta vailla elollisen säihkettä, ne olivat museota, arkistoa, norsujen hautausmaata, ne olivat hylätty dinosauruspuisto umpeen kasvaneella heinäpellolla ruukille johtavan tien varressa, ehkä hän muisti siihen itsensä ja tyttärensä, jossain avioliitoistaan vuosikymmeniä sitten, kymmenen vuotta ylioppilaaksi tulonsa jälkeen, sinä vuonna kun hän oli suorittanut ylemmän korkeakoulututkinnon, viisitoista vuotta ennen kuin alkoivat ne tapahtumat, jotka ovat johtaneet tähän.

Olen miettinyt sitä, että Ikaroksen olisi pitänyt tarkastella elämässään enemmän tavoitteen saavuttamisen jälkeistä tilaa ja tilannetta sen sijaan, että hän käytti voimansa ja älynsä erilaisten vaihtuvien tavoitteiden ja päämäärien jahtaamiseen. Likimain aina hän oli mittelöidensä maalissa hämmennyksen huurussa, toistaitoinen, rampa, kömpelö, mieleltään kapeutunut, mikä helposti johti äsken niin tärkeän asian heittämiseen pois pöydältä ja täydelliseen unohtamiseen, valheelliseen tyytyväisyydessä lillumiseen, laiskaan köllöttelyyn ja hitaaseen hyytymiseen, viikkokausien laakereilla lepäämiseen, loputtomaan lonkan vetämiseen, sen sijaan että hän olisi tarttunut riuskalla otteella saavutetun tavoitetilan hyödyntämiseen.

Tässä jos missä Ikaroksella olisi ollut tekemistä. Ei kukaan tähtää kipsipatsaaksi kaapin päälle, liikkumattomana pölyyntymään, olemaan ilman toimintaa, tekemistä, vuorovaikutusta, kuuntelemista, rakastamista, ymmärtämistä.

Miksi hän vaipui eristyneeseen tilaan, miksi hän koteloitui, miksi hän tyytyi elämään kuolleena kuorena, irvikuvana, tämä mies jolla oli taustaa, taitoa ja tarmoa – ja hän antoi itsensä taantua tasolle, jolla hän ei enää ollut minkäänlainen uutta luova toimija, ei edes entiseen pystyvä, korkeintaan hän oli jälkijunassa reagoiva surkimus. Minulla ei ole tarpeeksi ilkeää haukkumasanaa kuvaamaan tätä Ikaros-hirvitystä, hakkaamaan häntä virkenyrkein, piiskaamaan häntä sanasiimalla, kuristamaan kielenköysin. Hän saa maksaa minulle kaikesta siitä, mitä hän on estänyt minua tekemästä, hän on oireyhtymänsä vitsauksilla tilannut tämän röykytyksen, ja kun äsken olin lähestymässä tämän luvun loppupistettä, käärmeen musta häntäpää livahti pöydältäni lattialle, katosi sähköjohtojen sekaan.

Kesken tämän kirjan kirjoittamisen, lukemisen ja muokkaamisen tajuan kuin Zeuksen lähettämän salaman iskemänä, että ei Ikaros ole ihmisten tiellä vaan Hermes, minun kirjoittava puoleni, joka tahtoo nousta etualalle kirjailijana ja työntää piiloon oireyhtymään kymmeneksi vuodeksi lukitsemani identiteetin, jota olen kutsunut Ikarokseksi. Jos pystyisin jatkamaan Ikaroksena, mitään juopaa ei olisi minun ja muiden välille. Mutta Hermes minussa kasvaa pakottavan suureksi, vaatii pääsyä näkyville, vaatii pesäeroa, vaatii oikeutta jatkaa hallitsevana identiteettinäni ja voimakkaimpana persoonallisuuden piirteenäni oireyhtymävuosien tuoman katkon jälkeen.

Ironista on, että kirjailijan identiteettini oli yhden kirjan varassa kaksikymmentä vuotta, ja kahden kirjan varassa julkaistuani toisen kirjani juuri ennen diagnoosia, mutta aivojen rappeuman tultua ilmi olen julkaisut kaksikymmentä kirjaa kymmenessä vuodessa. Ikaros loppujen lopuksi on mahdollistanut laajalla ja vilkkaalla järjestötoiminnallaan ja vapaaehtoistyöllään Hermeksen nousun ja kukoistuksen.

Ikaroksena uskallan muuttua, elää, lentää kohti aurinkoa, ja vaikka kerta toisensa jälkeen vahasiipeni sulavat ja putoan taivaalta, Hermeksenä saan jakaa Ikaroksen kokemukset ja kertoa hänen tarinansa, joka on nyt myös minun tarinani.

On aika siirtää katse Ikaroksen oireyhtymästä Hermeksen maailmaan, johon kuuluvat aakkoset, sanat, lauseet ja kirjat joita aakkosin kirjoitetaan. Tämä luetteloiden kirja ei olisi täydellinen ilman luetteloa siitä mitä kirja voi olla eri vaiheissaan: alennettu arvosteltu arvostettu ateljeekritikoitu desinfioitu digitoitu dramatisoitu epäilty esitetty estetisoitu filmattu haudattu hengellistetty henkistetty huutokaupattu hyllytetty1 hyllytetty2 hyväksytty hävitetty imeytetty ivamukaeltu jalostettu juhlittu julkistettu kanonisoitu kansitettu keskusteltu kielletty kiistelty kirjoitettu kommentoitu kompostoitu koodattu kopioitu koverrettu kustannettu kuvitettu kätketty käyttöesineellistetty käännetty lahjoitettu lahjottu lainattu liattu luetteloitu luettu lyhennetty löydetty maineistettu mainostettu makuloitu markkinoitu matkittu muistinvaraistettu myyty nidottu oheistettu ostettu painettu paketoitu palkittu pantattu piilotettu pinottu poltettu puhdistettu pyhitetty rahoitettu rauhoitettu revitty salakirjoitettu salakuljetettu saneltu selkomukautettu sensuroitu sidottu silputtu somettu steriloitu suojapaperoitu suositeltu syyteharkittu syytetty taide-esineellistetty taitettu tapetoitu toimitettu tulkittu tulostettu tuotteistettu tutkittu täydennetty unohdettu uudelleenarvioitu varastettu vedetty viety väitelty väärinymmärretty äänitetty.

Yhden kipinän tämän kirjan kirjoittamiseen, tosin vailla käsitystä sisällöstä, tarjosi mietiskelyni tielläsanan merkityksistä tavattuani Kuopiossa kirvesmiehen, joka havahdutti minut sanan käyttöyhteyksiin: 1. *on the road* (engl.); 2. esteenä, tukkeena, edessä; 3. täällä (*myös* tiällä).

ANOMALIA

NE PITÄÄ MERKITÄ VASTAANOTTAJIKSI. Ruksi sopiviin ruutuihin. Asianosaisille. Tiedoksi. Toimenpiteitä varten. Luokittelu. Salainen. Julkinen. Arkistoitavaksi. Vastausta pyydetään. Eikä pyydetä. Diaarinumero.

Hän tarkastelee anomalioita pamfletissa, jonka on pannut vireille oma-aloitteisesti, hän tarkastelee erikoisia tapauksia, joita on kohdannut toisiinsa kytkeytyvien järjestöjen toiminnassa. "Anomalia" merkitsee poikkeusta, poikkeavuutta, epäsäännöllisyyttä, epänormaaliutta. Hän lupaa havainnollistaa ilmiötä todellisilla esimerkeillä ja tulkita niihin sisältyviä merkityksiä. Kuten. "Asutteko yksin?" kysyy vammaispalveluista kotiin kartoituskäynnille tullut kunnan virkanainen. "En, olen viime vuodet asunut herra P:n kanssa", mies vastaa. Naisen silmissä välähtää, hymynkare käy huulilla. "Aivan, nykyään ollaan vapaamielisiä. Hyvä, että te olette noin luonteva asian kanssa." "Ei, ei, te käsititte väärin!" mies parahtaa. Nainen vaientaa miehen käden huitaisulla ja käskee olemaan nolostelematta. Outo tilanne, mies tilittää myöhemmin.

Heikäläisille, lajitovereille, tuttu ilmaisu "herra P" saa toisessa kontekstissa aivan kummallisen merkityksen, joka kuitenkin on ennakkoasenteiselle väärinkäsittäjälle tutumpi kuin heidän omassa piirissään vakiintuneeksi muuttunut sanonta. Kummallisuuksia penkomalla, avaamalla ja tutkimalla hän pyrkii nostamaan esiin piiloon jääviä merkityksiä, motiiveja, agendoja, intrigejä. Hänen oletuksensa on, että anomalia aina kertoo jostain. Käytännössä anomalian tunnistaa siitä, että se hätkähdyttää, tekee epämiellyttävän tai joskus innostavan olon, herättää kysymyksiä ja keskustelua. Siitä syntyy anekdootteja, tarinoita, kaskuja, juoruja ja huhuja. Poikkeuksellinen tapaus jää elämään puhuttuna tai kirjoitettuna perinteenä. Siihen palataan myöhemmin, kun tapahtuu tai tulee puheeksi mitä tahansa aiheeseen liittyvää. Anomaliat ovat kulttuurin ja elämäntapahtumien muistikapseleita. Paljon siitä, mitä myöhemmin muistaa vuosien takaisesta, on kiitollisuuden velassa anomalioille. Anomalian voi ajatella vaikkapa toiminnan, arvojen tai viestinnän häiriintymisen merkiksi. Kahvi kiehuu hellalle, jos jättää pannun kuumalle levylle kahvijauheen mittaamisen jälkeen. Vatsanpohjassa kovertaa, jos bussissa ei anna istumapaikkaa sitä enemmän tarvitsevalle. Onnittelu purkautuu suusta, kun pitäisi esittää lämmin osanotto. Anomalia kertoo tärkeitä asioita, mutta vain, jos pysähtyy kuuntelemaan. Anomalia antaa mahdollisuuden ottaa opikseen, korjata tekemistään, miettiä arvonsa kohdalleen, selkeyttää viestintäänsä.

KÄSITTELYN TARKKUUDESTA JA YLEISPÄTEVYYDESTÄ hänellä on muutamia huomautuksia, jotka voisi sijoittaa myös heti alkuun tai erilleen itse päätekstistä. Ensinnäkin hän kirjoittaa tässä pamfletissa liitosta. Hän kirjoittaa liiton jäsenyhdistyksistä. Hän kirjoittaa yhdistysten kerhoista. Hän kirjoittaa kaikista näistä yksilöimättä. Toiseksi, hän jättää henkilöt nimeämättä. Ihmisistä hän käyttää nimityksiä, jotka kuvaavat asemaa, olemusta tai muuta piirrettä: nainen, mies, kerholainen, yhdistyksen jäsen, sihteeri, puheenjohtaja. Kolmanneksi, yleistämällä – yksilöimättä, nimeämättä – hän tarjoaa pamfletin lukijoille tilaisuutta oman toimintansa lukemiseen rivien välistä, mahdollisuutta itsekritiikkiin ja rakentavaan keskusteluun itsensä kanssa, hän tarjoaa kanavaa itsereflektioon.

Kukaan ei luonnollisestikaan ole pyytänyt häntä esittämään ajatuksiaan, saati antanut minkään tahon valtuutusta pamfletin tekemiseen. Tämä on yksityisajattelua, monenlaisissa kohtaamisissa ja tapahtumissa kerrostunutta kokemusfossiilia, jota hän on säilönyt muistiinsa myöhempää käyttöä varten, leimautuminen rautatieaseman taksitolpalla samaan kuntoutuslaitokseen sopeutumisvalmennuskurssille matkalla olevaan ihmiseen, tietämisen tasolla ensimmäiseen tapaamaansa lajitoveriin, kuten monet sanovat, ja kokemuksen toistuminen muutaman vuoden kuluttua yhdistyksen toimiston oven avanneen ihmisen kanssa, hänen ensi kertaa siellä käydessään.

Ajattelu on paitsi toiminnasta nousevaa myös toimintaan johtavaa. Tästä dialogisesta suhteesta hän kirjoittaa pamfletissaan.

MUISTETTAVA, KUINKA JO HIEMAN PUHEKYKYÄÄN menettänyt mutta vilkasta aivotoimintaa yhä omannut seniori hätäili liittokokouksen alkaessa täyteen kirjoitetun paperinsa kanssa. Siinä oli ehdotus liittohallituksen paikkojen jyvittämiseen ja vuorotteluun jäsenyhdistysten kesken. Mies ei ollut ilmoittanut asiaansa esityslistalle, joten sitä ei käsitelty. Mietittävä, onko oma hulluus jo tällä asteella. Muistettava, kuinka sama mies myöhemmin esitteli liiton lehdessä kuminauhaviritystä, jossa vaatteiden alle pujotetut kuminauhat oli kiinnitetty käsiin ja jalkoihin niin, että käsien liike auttoi jalkoja nousemaan. Mietittävä, mikä on hänen oma kuminauhaniksinsä. Muistettava, että tämä on sairaiden ihmisten järjestö. Mietittävä, että se on todempaa kuin haluaisi ajatella ja todeksi nähdä.

ON POHDITTAVA ORGANISOITUMISTA. Miten hierarkkinen järjestörakenne suhtautuu eri tasoillaan syntyvään uutta luovaan toimintaan? Sallii, kannustaa, antaa tukea? Onko ok tai jopa coolia järjestää #-kampanja tai pop up -tapahtuma? Olisiko järjestökentän eri tasoilla syytä itseruoskintaan, itsetutkiskeluun vai itsetyytyväisyyteen? "Oletko jo jäsen?" Tämä on tyypillinen, asiallinen ja jopa pakollinen kysymys, kun kerhon kokoontumiseen tulee uusi ihminen, usein diagnoosinsa kuukausi tai pari aiemmin saanut. Jos jäsenhakemus on jo jätetty, jutellaan vaikkapa siitä, onko liitosta tai yhdistyksestä jo tullut postia. Joskus jäsenhakemus täytetään siinä paikan päällä, ja jos on lehtiä käsillä, niin annetaan tuorein numero kotiin vietäväksi. Kummassakin tapauksessa kerrotaan potilasjärjestön organisoitumisesta, niin että uudella jäsenellä on kohta pää pyörällä, kun pitäisi ymmärtää, milloin on puhe kerhosta, milloin yhdistyksestä, milloin liitosta.

Ennemmin tai myöhemmin toimintaan mukaan tullut tiedostava ihminen alkaa ajatella potilasjärjestön hierarkkista rakentumista ihan omin päin. Siihen ajaa ensinnäkin halu ymmärtää alan puheita ja kirjoituksia, kuka teki mitäkin ja millä mandaatilla, toiseksi mielessä siintää jo oma osallistuminen aktiivisena vastuunkantajana luottamustoimiin myös korkeammilla tasoilla. Liiton ja yhdistyksen lehtiä lukemalla, nettisivuja silmäilemällä ja sähköpostitiedotteita seuraamalla vähitellen avautuu ja vahvistuu koko kuva: paikallinen, alueellinen ja valtakunnallinen toiminta, toimijoina kerho, yhdistys ja liitto, niiden agendat, säännöt, tavoitteet, menetelmät, niiden välinen kilpailu ja yhteistyö – ja vähitellen mieleen jäävät myös eri paikoilla istuvien nimet, sillä kerho, yhdistys ja liitto koostuvat aina ihmisistä osallistumassa, suunnittelemassa, päättämässä ja arvioimassa, potilaista ja heidän läheisistään sekä työnsä kautta mukaan tulleista, lääkäreistä ja järjestöihmisistä. Pian jäsenmäärät jäävät mieleen, kerhoissa kymmenistä muutamiin satoihin, yhdistyksissä sadoista liki kahteen tuhanteen henkilöjäseneen, liitossa parikymmentä jäsenyhdistystä, niissä yli sata kerhoa ja kohta kymmenen tuhatta henkilöjäsentä. Aikaa myöten, monen kokouksen ja kerhoillan jälkeen, erilaisissa tapahtumissa mukana olleena, kiteytyy kolme toimintalinjaa: yhdistysten sisällä toimiminen, niiden kanssa yhteistyön tekeminen ja niitä Ilman toimiminen.

Tämä kiteytys, sen ymmärtäminen, antaa toimintaan valinnan mahdollisuuksia, yhtä aikaa turvaa ja riskipitoista yllättävyyttä, sääntöjen tuomaa vakautta ja itsensä kuuntelemisen luomaa vapautta. Tähän liittyy oivallus, jonka kehkeytymiseen on voinut kulua vuosia. Vapaaehtoistyöhön antautuminen pian diagnoosin jälkeen on rakastumiseen verrattava psykoottinen episodi. Silloin haluaa omia kaiken toisesta, omistaa toisen, omistautua toisen palvomiselle. Tämä toinen ei potilasjärjestössä ole kukaan ihminen, vaan järjestö itse – liitto, yhdistys tai kerho. Kova hinku on toimia järjestön sisällä. Myöhemmin tunteet viilenevät, ja nähdään ja tehdään muutakin;

nyt on ehkä yhteistyön aika. Ja kun siitä eletään
eteenpäin, kohdalle sattuu kotimaisia ja kansainväli-
siä potilastyöhön liittyviä tapahtumia ja tekoja, pyyn-
töjä ja ehdotuksia, joissa ei ole edes yhteistyön
ohutta lankaa omien järjestöjen kanssa vaan toi-
minta on omaehtoista, itse alulle pantua tai joiden-
kin tahojen pyytämää, eikä siitä välttämättä aina
edes tule kertoneeksi järjestökentän omille kotijou-
koille.

Tapahtuu niinkin, että puheenjohtajan lisäksi kerhoil-
taan ei tule muita osallistujia. Puheenjohtaja istuu
yksin yhdistyksen toimistossa, josta on saatu maksu-
ton kokoontumispaikka, kohtalaisten liikenneyh-
teyksien varrella, samoilla suunnilla kuin yliopistosai-
raalan poliklinikka, niin että tutut bussit ja ratikat aja-
vat kokoontumispaikan läheltä. Puheenjohtaja itse
on ajanut paikalle autollaan, hän asuu pääkaupunki-
seudun kehyskunnassa. Ilmaista ei ole ajelu tänne
tyhjänpantiksi. Kerhon puheenjohtaja miettii seuraa-
valla kerralla, yhdessä kerhon jäsenten kanssa, joita
on taas paikalla, onko tiedotus kohdallaan, ovatko
kerhon kokoontumisten ajankohdat sopivia ja aiheet
kiinnostavia. Jos puheenjohtaja olisi viisas, hän si-
touttaisi jäsenistöä kokoontumisten aiheisiin dele-
goimalla näille ohjelman suunnittelun, valmistelun ja
isännöimisen tai emännöimisen. Puheenjohtajan vii-
sastumista avittaa pitkäaikainen jäsen, joka muiste-
lee, kuinka taannoin, joitakin vuosia sitten, jaettiin

vastuuta. Kerhon aktiivijäsenillä on hyvä olla jokin rooli, hän sanoo, tehtävä, joka tekee toiminnasta merkityksellisen. Kahvinkeittoa ja pullan hankkimista pöytään ei saa koskaan aliarvioida! Tiedottaja, rahastonhoitaja, sihteeri, varapuheenjohtaja, ohjelmavastaava, isäntä, emäntä, saunanlämmittäjä, tanssikurssin yhteyshenkilö, keilavuoron yhteyshenkilö, laulukurssin yhteyshenkilö...

Jo riittää, puheenjohtaja toppuuttelee, hän ymmärtää, että kellojen pitää soida, jos kaikki tehtävät kasaantuvat yhdelle henkilölle, niin kuin ne nyt ovat kasaantuneet hänelle. Hän on luullut, että kerhon jäsenrekisteri, kalenteri ja niihin kytketty sähköpostilla tiedottaminen olisivat avaimia kerhon menestykseen, mutta nyt hän alkaa vähitellen ymmärtää, että tärkeämpää kuin tekniikka – on se sitten viestintää tai läsnäoloa varten – on sielu ja sydän.

YHDISTYKSEN HALLITUKSEN JÄSEN PYYTÄÄ kokoustauon pitämistä, mutta puheenjohtaja jatkaa niin pitkään, että taukoa pyytänyt hyytyy paikalleen eikä pysty enää itse lääkitsemään itseään. Yhdistyksen säännöissä ollaan potilasjäsenen asialla, mutta yhdistyksen tehtäviä hoitavassa hallituksessa hallinnollinen suoriutuminen unohtaa samaisen lääkitystä ja taukoja tarvitsevan yksilön.

Hallituksen kokouksen alussa puheenjohtaja ojentaa hallituksen jäsenelle yhdistyksen puolesta moitekirjeen, koska tämä on maininnut kirjassaan muutaman henkilön nimen. Puheenjohtaja kuiskaa, että jätetään tämä meidän väliseksi. Muutamaa vuotta myöhemmin puheenjohtaja ehdottaa liitolle hopeisen ansiomerkin myöntämistä samalle henkilölle merkittävästä järjestötyöstä.

Karma. Vaaka. Tasapaino.

Molemminpuolinen arvostus on syntynyt ensi tapaamisella. Hän muistaa, kuinka on risteilyllä pitänyt seuraa arvokkaalle daamille, vaikka on itse jo syönyt lounaan. Ei ole voinut muiden lailla pyrähtää ostoksille tai tanssimaan, ei ole voinut jättää yksin. Silloin tämä on ollut hallituksen jäsen, ei vielä puheenjohtaja, ja on kertonut olevansa monista asioista eri mieltä, on halunnut keskustella eikä vain hiljaa nuokkua kokouksissa ja hyväksyä kaikki esitetty. Vastarannan kiiski niin kuin hän. Silloinko, heidän rupatellessaan hitaalla lounaalla, silloinko tehtiin päätöksiä? Seuraavassa yhdistyksen kokouksessa hänen lounasseuransa valittiin puheenjohtajaksi ja hänet hallituksen jäseneksi.

Erään kerran yhdistyksen kokoukseen paikalle tulleet saavat aluksi kuulla puheenjohtajan moitteet jäsenten vähäisestä osallistumisesta sääntömääräiseen kokoukseen. Hän päättää antaa kokouksen jälkeen palautetta avaussanoista ja kertoa miltä tuntuu kuunnella haukut osallistumattomuudesta, kun on saanut itsensä lähtemään kokoukseen. Eikö paikalle vaivautuneita pitäisi pikemminkin kiittää? Puheenjohtaja ottaa onkeensa ja seuraavan sääntömääräisen kokouksen alussa esittää lämpimät kiitokset kaikille paikalle tulleille.

Potilaat työntekijöinä? Harvoin ovat palkattuina. Mutta luottamustoimet ja vapaaehtoistyö esimerkiksi vertaistukihenkilönä tai kokemuskouluttajana teettävät niihin paneutuville paljon työtä ja tekemistä, suunnittelua, valmistelua, toteuttamista, arviointia ja muuta jälkihoitoa.

Lobbausta harjoitetaan kaikissa ympyröissä, näissäkin pirueteissa. Erään yhdistyksen puheenjohtaja kertoo innosta vilkkuvin silmin liittokokousta aloiteltaessa, kuinka hän on pari viikkoa soitellut kokousedustajia läpi saadakseen enemmistön ehdotuksensa taakse. Ennenaikainen ilo, käy ilmi puolen vuoden kuluttua, jolloin liittokokouksen puheenjohtajaksi kutsuttu lakimies toteaa edellisen liittokokouksen päätöksen pätemättömäksi, koska liitto ei voi päättää jäsenyhdistystensä säännöistä.

Lobbaaminen on erityisen vastenmielistä, jos lobbari tekee sitä ikään kuin samassa juonessa hallituksen kanssa. Hallituksen tehtävänä on esitellä asioita, joista liittokokous sitten päättää, ellei päätös ole hallituksen itsensä päätettävissä toiminnanjohtajan esityksestä, ja liittokokousedustajien pitää olla hereillä, hylätä tai hyväksyä, se on sen tehtävä. Mutta jos hallituksella on juoksupoikia tai -tyttöjä lobbareina, päätös yritetään varmistaa ennen yhteistä keskustelua, ennen liittokokousta, vain yksipuoleisella propagandalla.

Nuijia on monenlaisia. Yhdessä tapauksessa liittohallitus tekee selkeän esityksen, jota kukaan ei kommenteissaan kannata eikä vastusta, sen sijaan niissä kerrotaan muistoja aiheen tiimoilta tai esitetään yleisiä aiheeseen liittyviä ajatuksia. Puheenjohtaja sanoo, että vielä yksi puheenvuoro. Hän varaa sen, ja päättää kommenttinsa siihen, että kannattaa hallituksen ehdotusta. Nuija kolahtaa pöytään ja päätös on syntynyt. Liittokokousedustajat saavat olla tarkkoina, jotta ymmärtävät puheenvuorojen tehtävän suhteessa esitykseen. Jos vastustaa tai kannattaa esitystä, se on sanottava, ja näin mahdollisesti mennään äänestykseen. Pelkkä muistojen kertominen aiheesta ei vie esitystä mihinkään suuntaan. Osa liittokokousedustajista ei kuitenkaan ymmärrä, että kokouksessa päätetään yhdessä liiton asioista.

Ymmärtämättömyyttä on kahdessa suunnassa. Joko lobbaamisen huumassa noustaan liittokokouksen yläpuolelle, kuten edellä on kerrottu, tai asennoidutaan valittavan lapsen asemaan ja ruikutetaan kuinka liitto – sen hallitus ja työntekijät – eivät ymmärrä milloin kenenkin tarpeita vaan ohittaa, unohtaa, laiminlyö. Lapsen mieli kaappaa aikuisen kielen.

Saamme kuulla pitkäaikaisesta kaltoinkohtelusta,

sisarten suosimisesta, identiteetin ja minuuden mitätöimisestä, liian pienestä viikkorahasta, kavereiden kiusaamisesta, nimittelystä, haukkumisesta...

Liiton nimen ja sääntöjen muutosesitys herättää liittokokouksen alla puheita salaisesta valmistelusta, yhdistysten ja niiden jäsenten ohittamisesta. Tuohtuneet yhdistysten jäsenet eivät halua luopua tautinsa nimestä liiton nimessä, vaikka liitto edustaa muitakin tauteja ja sairauksia.

Yhä uusia aiheita ja anekdootteja karttuu hänen muistiinpanoihinsa. Hän kamppailee fragmentaaristumista vastaan, yrittää nähdä suuret teemat ja kehitellä niistä juonen tapaista, punaista lankaa, mutta vaikka kuinka hän lukee pamfletin luonnosta, muistiin ei tartu asiasisältöjä niin kuin ennen. Hän ajattelee, että on aivan kuin katsoisi kuvaa, josta osa sumentuu, ja kun katseen siirtää siihen minkä näkee kirkkaasti, niin se vuorostaan sumentuu ja äskeinen sumea kohta kirkastuu, mutta ei pysty pitämään kirkkaita kohtia yhtä aikaa mielessä, ja kun tämä jatkuu aikansa, yhä suurempi osa nähdystä häviää muistista. Onko tämä anomalioista suurin? Oman näkökulman, tarkastelupisteen, linssin viallisuus ja vääristyneisyys outouttaa totaalisemmin kuin poikkeuksellisuus katseen kohteessa. Mitä oikeasti muistaa, jos ei muista edes sitä, mitä on unohtanut?

Amor

Ne eivät koskaan hyväksy käsikirjoitustani. Tiedän sen, vaikka en ole edes kirjoittanut sitä. Tunnen itseni niin hyvin, että olen varma, etten pysy hyvän maun rajoissa. Paperille ja ruudulle luonnostelemani aiheet ovat eläneet villisti päässäni, niin että tukihakemuksen lukijoiden mielikuvat ovat jälkeenjääneinä asiallisen kalpeita verrattuna mieleni värityskirjaan.

Kirjoitan ensin siitä mitä kirjoittaisin, sytyttelen tulta ahjoon, virittelen aiheita, tunnustelen sanastoa, kokeilen tyylejä. Tämä on kuin käsikirjoituksen tekoa teatterissa käyttämällä näyttelijöiden improvisaatiota juonen ja tarinan luomiseksi tai kuin värien valitsemista kuvataiteilijan palettiin. Tai sinfoniaorkesterin instrumenttien virittämistä ennen konsertin alkua.

Olkoon tämä metateksti johdantona tässä – mahdollisesti poisjätettävänä – merkinnällä "Tiedoksi kirjailijan tukirahasta päättävälle yksinkertaisen kirjallisuuden työryhmälle ennen varsinaisia kertomuksia, joissa pyrkimykseni kirjoittaa härskiä ja hauskaa kieltä nousee varsinaiseen värikylläisyyteensä. Toivon työryhmälle nautinnollisia hetkiä uusiutuvaa ja kierrätettyä luomukieltä lukiessaan."

MINÄ NÄEN RAKKAUDEN VÄREINÄ... sateenkaaren väreinä, punaisena, oranssina, keltaisena, vihreänä, turkoosina, sinisenä ja violettina. Mutta näen rakkauden myös ruskeana kuin hiekka, mustana kuin hiili, harmaana kuin pöly, valkoisena kuin lumi.

Rakkaus on myös ääniä, hajuja ja makuja. Erityisesti rakkaus on tunnetta ja tuntoaistimuksia. Rakkaus valtaa koko ruumiin ja mielen. Rakastuminen on huumaavin tunne, jonka ihminen elämässään kokee.

On rakastaminen muutakin kuin tunnetta. Rakastumista seuraa rakastaminen. Rakastaminen on tekoja, rakkauden tekoja. Kun hieroo toisen hartioita, tekee rakkauden teon. Kun tekee toiselle hyvää ruokaa, tekee rakkauden teon. Kun menee toista vastaan, tekee silloinkin rakkauden teon.

Sanotaan, että ihmiset harjoittavat rakkautta. Mitä he silloin tekevät? He rakastelevat.

Puhekielessä sanotaan, että ne naivat. Tai leikkisästi, että ne naida naputtavat. Tai rohkeammin, että ne nussivat.

Nämä ovat rumia sanoja kahvipöydässä. Et puhuisi näin mummon kuullen, enkä puhuisi minäkään. Kun ihmiset rakastelevat, mitkään sanat eivät ole rumia. Rakkauden sanat ovat kauniita.

Tämä kirja kertoo rakkaudesta. Tämä kirja kertoo rakastamisesta. Tämä kirja kertoo rakkauden väreistä. Tämä kirja kertoo elämän tärkeimmästä tunteesta. Kysyt nyt kai samaa kuin minä kysyn itseltäni: Kuinka minä voisin kertoa sellaisesta tunteesta, niin voimakkaasta tunteesta? Ei minulla ole tarpeeksi suuria sanoja. Mutta en aiokaan kirjoittaa vain tunteista.

Kertomukseni perustuvat siihen, mitä olen kokenut. Ja siihen, mitä olen nähnyt, kuullut ja lukenut.

Raymond Carverin novellikokoelman nimi on *Mistä puhumme kun puhumme rakkaudesta*. Se on hyvä kysymys.

Kertomusteni taustalla on kansanrunous, josta tarinat kasvavat kirjallisuudeksi. Kirjoista rakentuu maailmankirjallisuuden perinne. Vaikuttavaa eroottista luettavaa ovat *Tuhannen ja yhden yön tarinat*, *Decamerone* ja olisi *Kalevalakin*, jos Elias Lönnrot olisi sisällyttänyt siihen keräämänsä seksijutut.

Kirjoittaessani olen kuvitellut yksityiskohtia. Kirjailijana minulla on oikeus käyttää mielikuvitusta, jotta voin valehdella. Kirjailijan valheet ovat kuitenkin totta. Nämä valheeksi sanotut asiat ovat tapahtuneet kirjan maailmassa. Siellä ne ovat totta. Kirjan maailmaan pääsee lukemalla. Sinne pääsee myös kuuntelemalla, kun toinen lukee. Ja kun kirjan kannet pannaan kiinni, kirjan maailmaan pääsee omassa mielessään, omissa muistoissaan.

Seuraavat kertomukset herättävät lukijassa tunteita, sinussa siinä. Voi tuntua siltä kuin olisit itse tarinoissa.

Se on kirjallisuuden ihme.

Se on rakkauden ihme.

Tarjoan ensin kaksi alkuvoimaista kertomusta.

Hyvä lukija, nosta mieleesi hielle, kuselle ja paskalle haiseva mies. Ei ole vaikeaa. Joku siitä lähipiiristä... vihervassari... Vitsi, vitsi!

Ei kun todellakin, kaikki me ollaan elämän varrella joutuneet tahtomattamme tällaisen raukan hajuetäisyydelle, ojasta kömpivän laitapuolen kulkijan, housuihinsa sontineen liikaa juoneen perheenisän, virtsalätäköstä heränneen veljen, syliinsä oksentaneen puolison.

Minä ajattelen yhtä työtoveria kolmenkymmenen vuoden takaa. Onko sinulla oma iljetyksesi jo mielessäsi? Hyvä!

Kuvittele nyt miehen alle nainen, joka haistaa ja maistaa likaisen miehen. Nainen rakastaa lian hajua ja makua. Nainen rakastaa miestään, jolle hän keksii yhä uusia lempinimiä. Mutta enemmän kuin "Metsämiestään" hän rakastaa Guru-ukkoa.

Hyvä lukija, kuvittele nyt tuo pariskunta makaamaan päällekkäin metsään vihreälle mättäälle. Miehellä on syvänvihreä reikäinen villapaita, johon on takertunut käpyjä ja jäkälää. Villapaita on kuin kuusenneulasista kudottu. Miehellä on jalassaan, polviin

ruttuun työnnettyinä, haalistuneet vihreät maasto-
housut, luukkukalsongit ja kumisaappaat.

Kumisaappaat mies riisuu vain käydessään sau-
nassa jouluna ja juhannuksena. Samalla hän pesee
alusvaatteensa ja antaa niiden kuivua saunassa yön
yli. Aamulla ne ovat kuivat ja valmiina puolen vuoden
palvelukseen.

Naisen tuntemuksia kiihottaa pistävä hien haju, ja
kun "Punamulkku" tunkeutuu häneen, hän muistaa
Guru-ukon puheet.

Peseminen on tarpeetonta, Guru-ukko opettaa.
Lika kerääntyy iholle ja karvoihin palleroiksi, jotka ka-
risevat pois. Likapallerot putoilevat painovoiman vai-
kutuksesta ja liikkeen voimasta, kun ihminen käve-
lee, tekee työtä tai nai.

Nainen ihailee Guru-ukkoa. Mutta hän ei voi pu-
hua ihailustaan miehelleen, koska mies on kateu-
desta vihreä Guru-ukon menestyksestä.

Guru-ukkoa ihailevat maan sivistyneet, lukeneet
ihmiset. Näiden ihmisten mielestä Guru-ukolla on
hyvä lause.

Guru-ukko on hyvillä lauseillaan esittänyt hätkäh-
dyttäviä keinoja maapallon pelastamiseksi. Guru-
ukko on haikaillut ja kaipaillut suursotia, tulvia,
maanjäristyksiä ja tulivuorenpurkauksia, joissa kuo-
lisi paljon ihmisiä. Pakolaisten veneet pitäisi upottaa,
meressä pärskivien ja partaan yli pyrkivien muuka-
laisten kädet pitäisi hakata poikki.

Guru-ukko pitää ihmistä muun elämän pahimpana vihollisena.

Nainen ei vain kuvittele vaan myös tuntee, kuinka nyt makuulla hänen "Nuuskamulkkusestaan" putoilee likapalleroita häneen, tästä hänen "Sonnimannistaan" irtoaa löyhkän lisäksi kiinteää ainesta.

Naisen harhailevassa mielessä käy, kuinka kaupan mainostelineessä luki "Mauno Jalon luonnonpuhtaat munat."

Siitä tuli usein toistettu hokema.

Muna-alan yrittäjä Mauno Jalo toimi tuolloin kansanedustajana, mikä lisäsi hulvattomuutta – pakottihan mainoslause ajattelemaan kansanedustajan sukupuolielimiä.

Nyt "Viheriä mies" vetää oman luonnonpuhtaan elimensä naisesta. Elin alkaa nytkiä ja pian terskan päästä ryöpsähtää naisen vatsalle vihreää siemennestettä, kuin hernekeittoa.

Naista alkaa naurattaa, mutta mies on vaipunut heti laukeamisen jälkeen uneen, ja korahtelee kohta kuorsauksen ääniä.

Nainen toistelee mielessään Guru-ukon nimeä, mutta ei sano sitä ääneen. Hän ei halua, että juuri koettu herkkä rakkauskohtaus muuttuu "Metsiemme miehen" myrkynvihreäksi raivoksi.

Tässä kertomuksessa on viiniä ja hurmosta. Tässä kertomuksessa on rakastelua punaviinin kanssa. Onko se kummallista? Ei ole, kun se tapahtuu tunteissa, mielessä, juopumalla. Tämä olkoon kiusoittelevaa johdantoa varsinaiselle kertomukselle, joka alkaa seuraavaksi.

Pääsiäinen tuli sinä vuonna myöhään. Kevät oli jo pitkällä ennen kuin tuo odotettu hiljeneminen koitti. Valoa oli niin paljon, että se teki hulluksi pimeään tottuneet ihmiset. Kylällä kerrottiin kummallisia tarinoita.

Apteekkarin rouva oli voimistellut alasti kuistilla, tervehtinyt nousevaa aurinkoa tissit ja tussu paljaana. Kansalaisopiston joogakurssi oli hullaannuttanut sen.

Poliisi oli nähty kyykkypaskalla kaupan takapihalla. Tämä siitä seurasi, kun ei kylällä ollut enää omaa poliisiasemaa. Hädässä olijat joutuivat selviytymään kuka mitenkin. Kauppias oli korjannut kakkaran ennen ensimmäisiä asiakkaita.

Koulussa opettaja oli laulattanut oppilaita tuntikausia, niin kauan, että heikoimmat olivat pyörtyneet. Pääsiäisen odotuksessa harjoiteltiin hengellisiä lauluja, kuten virttä *Kovakivi hallelujaa*. Ja koska pian tulisi kesän suuri juhla, juhannus, laulettiin lemmennostatuslaulua *Nousee Peniksen lailla*.

Näille tarinoille oli ominaista, että kukaan ei ollut itse näkemässä eikä kuulemassa. Kaikki kertoivat sitä, mitä olivat kuulleet toisilta. Joku toinen oli nähnyt, aamulehden jakaja tai nokisutari. Mutta jos heiltä kysyi, hekin olivat kuulleet tarinat muilta.

Jotkut tarinat olivat selvää sepitettä, keksittyjä.

Sanalla sanoen: valhetta. Itse en usko tarinaa opettajasta.

Seuraava tarina on totta. Kuulin sen huoltoaseman baarissa, eikä siellä sovi valehdella. Baari on kylän STT eli Saluuna, Terassi ja Tori. Siellä tiedetään kaikki. Jos siellä jää kiinni valehtelusta, baarin ovet sulkeutuvat. Samalla sulkeutuvat kylän seurapiirin ovet.

Kerrottiin, että myöhäinen pääsiäinen oli hermostuttanut papin, saanut tämän aivan tolaltaan. Pappi oli joutunut odottamaan pääsiäistä liian kauan! Punaviini oli seissyt koskemattomana kaapissa.

Seurakunnan jäsenet olivat katsoneet oudosti pappiaan. Hän oli kylän ensimmäinen naispappi, ja siksi hänen käyttäytymistään seurattiin tarkoin.

Nyt pääsiäisen velvollisuudet oli hoidettu ja hän sai vetäytyä oman rauhaansa.

Hän raksautti punaviinipullon auki. Raks! Hän harrasti edullisia kierrekorkillisia viinejä, korkkiruuville hänellä ei ollut käyttöä, ei kiharoissa, ei kengissä eikä pulloissa.

Hän luki runoutta ja tiesi, että ihminen voi rakastaa viiniä. Runoissa ylistettiin ja yhdistettiin viiniä, kirjoitusta ja rakkautta.

Eräs hänen ystävänsä, opiskeluaikainen heila, rakasti hänkin violettiin vivahtavia viinejä. Mies kirjoitti Facebookiin rakkaudestaan viiniin, huuruisia sanoja ja kuvia, aaltoilevia tunnustuksia, joita pappi luki ja tallensi sydämeensä.

Mutta nyt hän oli nyt yksin, omassa rauhassaan. Hän avasi pullon, kaatoi lasiin, joi. Tuoksu ja maku huimasivat.

Juodessaan hän näki violetin aallon, joka läheni häntä. Aalto oli lempeää rakkautta. Se kietoutui hänen ympärilleen, painoi vatsan seutua, levitti hellästi hänen jalkansa.

Ihanat punaviinilaineet löivät hänen ylitseen. Hän täyttyi. Hänen mielensä pulppusi iloa kuin lila lähde.

Hän joi lisää, humaltui lisää, ja halusi viinin rakkautta lisää. Hän puhui itsekseen. Hän kuvitteli olevansa saarnaamassa seurakuntalaisilleen. Elämä ei ole vain viiniä, kirjoitusta. Elämä on viiniä, kirjoitusta ja rakkautta.

Hän rakasti viiniä. Hän rakasti viinin juomista. Hän rakasti sitä mitä viini teki hänelle. Hän rakasti humalaa, silloin hän oli lähinnä Jumalaa. Oi! Violetti viini teki hänestä runoilijan. Ja hän kun oli luullut olevansa rujoilija.

Se hirvittävyys, kun katsoi peiliin ja näki omat kasvonsa. Jumalavita – anteeksi! – miksi ihmisen piti olla niin ruma? Vastakohdaksi tälle aineen vajavaisuudelle hän oli hakenut henkistä täydellisyyttä. Ruumiin rumuutta lievensi mielen kauneus, hänen tekojensa likaisuutta ajatusten puhtaus.

Tätä pääsiäisen odotuksen päättyminen hänelle merkitsi. Jotta edes kerran vuodessa tuntisi olevansa kaunis, hän salli ihmeen tapahtua kirkossaan. Vesi muuttui viiniksi, ja hän joi viiniä kuin vettä.

Hän tiesi, hän toivoi, hän uskoi, että papin kaapu ja rooli suojelivat häntä.

Kasukan sisässä kännissä Isässä!

EN OSAA TÄSMÄLLISESTI SANOA, miksi kirjoitin suunnitelmaa laajemman käsikirjoituksen. Suunnitelmassa kertomusten määräksi ilmoitin viisi, kommentoivaksi lähetin kuitenkin tusinan. Vaaransinko itse kertomusten määrän tuplaamisella kirjan toteutumisen ja sitä myöten minulle vihjatun armahduksen?

Kirjan aiheen olin ensi kerran lausunut ääneen Kirjailijatalossa edelliskesänä, jolloin olin esittänyt Jari Kelolle, liiton entiselle puheenjohtajalle, idean "Rakkauden viisi väriä". Tiesin harmaan sävyjä nimessään kantavasta naisten eroottisesta lukemistosta, mutta en ollut nähnyt sitä kirjana enkä elokuvana enkä tiennyt millä tarkkuudella siinä kuvailtiin intiimejä asioita. Pystyisikö myös yksinkertaisella kielellä kirjoittamaan "tuhmasti ja hauskasti"?

Pakko oli pystyä! Olin ollut tekemisissä yksinkertaisiksi lukijoiksi ajateltujen aikuisten kanssa ja tiesin, että erotiikka ja seksi kiinnostivat heitä siinä kuin meitä muitakin, joita noina aikoina alkoi olla yhä vähemmän.

Kirjailijataloon meidät oli tuonut Yksinkertaisen kielen keskuksen ja Kirjailijaliiton yhteinen tilaisuus. Meitä kirjailijoita värvättiin osallistumaan *Lue Simppeli! Olé Tomppeli!* -hankkeeseen, jossa haluttiin tuottaa nopeasti ja paljon uusyksinkertaisia kirjoja siihen kasvavaan tarpeeseen, jonka äkillisesti tapahtunut väestön tyhmistyminen oli aiheuttanut.

Naisten tyhmistymisen nopeudesta ja saavutetusta tasosta kielellisen kyvykkyyden mittarilla vallitsi kokolailla yksimielisyys muutamia puskasta huutelijoita lukuun ottamatta: naiset sijoittuivat maahanmuuttajatyttöjen alapuolelle mutta älykkäimpien kissojen yläpuolelle, mitä kaikki eivät pureksimatta nielleet vaan viittasivat todisteina sosiaalisen median lukuisiin kissavideoihin, jotka osoittivat kissan omaavan naista korkeampaa tilannetajuun liittyvää älykkyyttä.

Miesten kohdalla tilanne oli hälyttävämpi, tilaston asteikko loppui alapäästä kesken. Tosimiehille saatiin mitattava tyhmistymisen aste ainoastaan vippaskonstilla, lisäämällä kategoriat "vajakki", "suvakki" ja "neiti" miesten kategoriaan, jolloin taso nousi minimaalisesti mitattavaksi.

Väestön tyhmistymisen syyt olivat moninaiset, mutta keskeisin tekijä oli kahden yhtäaikaisen muutosprosessin synerginen vuorovaikutus, jota on kutsuttu myös emergenttiseksi voimaannuttamiseksi. Yhtäältä tietotekninen kehitys loi otollisen maaston muutokselle. *Somettuminen* vei ihmiskontaktit verkkoon. *Digitalisaatio* vei palvelut verkkoon. *Privatisoituminen* vei loput kodin ulkopuoliset toimet verkkoon. Nämä kolme yhdessä synnyttivät niin sanotun SDP-hierteen, joka globalisaation ansiosta levisi kulovalkean tavoin.

Vahingon maksimoituminen johtui toisesta samanaikaisesta muutosprosessista. Lyhyen ja hauraan länsimaiden demokratiakauden jälkeen esiin puskenut oikeistopopulismi iski tappavat kyntensä kieleen. Aluksi sukkelat sanonnat huvittivat kaikkia. Se oli kuin leikkiä. Mutta pian alkoi käsitteiden merkityksen venyttäminen ja muuntelu. Se mikä ennen oli ollut rasismia, fasismia, herjausta ja vihanlietsontaa, oli nyt lyyristä kielenkäyttöä. Ammattikirjailijoiden lyriikka kompromettoitui, menetti mahdollisuutensa, merkityksensä ja arvonsa. Merkityksen muuntelun seurauksena totuuden käsitteeseen alettiin suhtautua yhä liberaalimmin, yhä löperömmin. Se mikä ennen oli ollut valhetta ja paskapuhetta, tai suvaitsevasti ymmärrettynä väärä mielipide, oli nyt vaihtoehtoinen tosiasia.

Äkkiä journalistit joutuivat uutisoimaan, että poliittiseen eliittiin kuuluva syyttää valehtelusta tiedotusvälineitä, jotka ovat todistettavasti osoittaneet samaisen poliitikon valehtelevan. Tätä tapahtui kaikkialla, esimerkiksi Italiassa, Turkissa, Venäjällä, Kiinassa, Saudi-Arabiassa, Unkarissa, Yhdysvalloissa ja Suomessa.

Kirjailijoilta vietiin terävin astalo: ironia.

Ironia tuli mahdottomaksi, koska ironian kohteet puhuivat ja kirjoittivat itseironisia lauseita kuitenkaan itse ironiaansa ymmärtämättä.

Kirjallisuuden lukemisesta tuli suurelle osalle kansasta erittäin vaikeaa ellei mahdotonta. Kirjallisuus inhimillisenä sivistyksen eetoksena vavahteli kuolin-korinoissaan siinä mielessä kuin se oli ymmärretty Antiikin Kreikan laululyriikan, romaanin, eepoksen ja tragedian jatkumona. Tavallinen ihminen, keskivertokansalainen, pystyi ennen tunnistamaan tai jopa lausumaan *Kalevalan* säkeitä, Aleksis Kiven laulun oravasta ja Eino Leinolta ne runot, jotka Vesa-Matti Loiri oli levyttänyt. Nyt tavallisen ihmisen aivokuvassa näkyi lämpenemistä lähinnä vain, kun katse kiinnittyi videoklippiin, jossa oli tilaisuus kokea yksi valinnainen, merkkikielellä ilmaistavissa oleva tunnetila: hellyttävä, itkettävä, hymyilyttävä, naurattava, ihastuttava, kauhistuttava, suututtava.

Kirjojen myynti romahti. Ellei muutosta parempaan tapahtuisi, loputkin kirjakaupat muuttuisivat kansainvälisiksi ketjukahviloiksi.

Aforistikkoja kuoli nälkään kuin kärpäsiä laihialaisissa pidoissa, mutta he saivat sentään varttitunnin kuolemattomuuden osallistumalla YLE Teeman esittämään dokumentaariseen *Nälkätaiteilija*-sarjaan. Televisioon taipumattomat runoilijat joutuivat kerjuulle maaseudulle, kun Turku, Tampere ja Helsinki eivät enää pystyneet ruokkimaan heitä. Nälkävuosi oli nyt. Venäjä lähetti hätäapuravintoa – lähinnä jäätyneitä perunankuoria ja kaalin ulkolehtiä inkeriläiseen tapaan eli sellaisenaan sulattamatta lattialta tai maasta syöden bakteerikannan rikastuttamiseksi. Pitkän proosan kirjoittajat tekivät vakavia rikoksia päästäkseen vankilaan täysihoitoon, monen tavoitteena oli kirjoittaa sellissä romaanisarja taistelusta kirjallisella kentällä kylmää, nälkää ja sairauksia vastaan.

Jäljellä olevat kulttuurisäätiöt ja -rahastot noukkivat laarin pohjalle jääneet killingit ja kävivät puolustustaistoon lukutaidon säilyttämiseksi edes säällisellä tasolla. Keinoksi valikoitui helposti omaksuttavien, yksinkertaisella kielellä kirjoitettujen kirjojen tuottaminen ja tarjoaminen lukemisen unohtaneelle yleisölle. Sitkaassa eli vanha lukuportti-idea: lukemalla yksinkertaisen kirjan lukija altistuu lukuhimon syttymiselle, jolloin hän herkkyystilassaan on otollinen kohde myös tavanomaisen kirjan houkutuksille.

Yksinkertaisen kielen keskus sai tehtäväkseen perustaa hankkeen *Lue Simppeli! Olé Tomppeli!* Hanke rahoittaisi ja ohjaisi kirjailijoita ja kustantajia yksinkertaisten kirjojen tarjonnan moninkertaistamiseksi. Valikoiduin yhdeksi kirjailijaksi siitä joukosta, jota uhkasi vankeusrangaistus ja suuret vahingonkorvaukset herkkähipiäisen pääministerin törkeästä kunnianloukkauksesta. Sain mukaan pitkäaikaisen kustantajani, joka oli tuomittu minun kanssarikollisenani. Meille tarjottiin mahdollisuutta armahdukseen, mikäli onnistuisimme tekemään hankkeen odotuksia vastaavan kirjan.

En ollut ainoa, jota mietitytti hankkeen nimi. Haastatteluin oli kuitenkin saatu selville, että ihminen kokee vähemmän ahdistusta tomppelina kuin tyhmänä. Tämä syvästi identiteettiä muokkaava ero on myös intuitiivisesti ymmärrettävissä, jos on sydän paikallaan. Simppeli puolestaan elliptisenä ilmaisuna (tarkoittaen yksinkertaista kirjaa) oli tuttu jokaiselle mainosmaailmasta, jossa tuotteita, palveluja ja elämyksiä markkinoitiin yksinkertaisuutta ylistävin iskulausein.

Kirjoitin kirjani ensimmäisen version vuoden viimeisen neljänneksen aikana. Jotta saisin enemmän tietoa yksinkertaisen kielen ominaisuuksista, lueskelin Yksinkertaisen kielen keskuksen sivuja. Marraskuussa keskuksen kehittämispäällikkö Naru Muru, jonka isovanhemmat olivat vielä vannoutuneita ihmissyöjiä Afrikan pimeydessä, kirjoitti *Lyhyestä virsi kaunis* -blogissa otsikolla *Kuka taitaa yksinkertaisen kielen?* Kirjoituksen kommenteissa puhuttiin yksinkertaisen kielen tutkimuksen tarpeesta ja yksinkertaisen kielen rajoista. Suomessa pakolaisperheeseen syntynyt neiti Muru tohti heittää läppää isoisänsä rakkaudesta kieliin.

Osallistuin keskusteluun lyhyellä kommentilla: "Ensimmäistä yksinkertaista kirjaa kirjoittavana on kiinnostavaa ja opettavaa lukea tällaista keskustelua. Se ettei ole lukkoon lyötyä määritelmää, vaatimuslistaa tai muuta kuvausta yksinkertaisesta kielestä mahdollistaa kielen kehittymisen. Mutta onko yksinkertainen kieli kehittyvä kieli – vai kasvaako se sammasta? Kieltolistaa kasvattamalla ja piirteitä karsi-

malla se voisi olla lopulta äärimmilleen yksinkertai-
suuteen kirkastettu kieli ennen sammumistaan. Kieli
elää muutoksista, yksinkertainenkin kieli? Terveisin,
N.N."

Käsikirjoitus valmistui vuoden viimeisenä päivänä aihi-
oksi, josta tarkoitukseni oli Yksinkertaisen kielen kes-
kuksen palautteen jälkeen muokata helmikuun ai-
kana yksinkertaiseksi kirjaksi sopiva versio. Toinen
kirjoitusprosessi veisi vastakkaiseen suuntaan, kau-
nokirjallisuuteen olennaisesti kuuluvaan tyylilliseen
ja tulkinnalliseen moninaisuuteen – olin nimittäin
saanut Kirjailijaliitolta apurahan kaunokirjallisen ver-
sion tekemiseen tästä samasta aiheesta.

Olin tehnyt kustantajan kanssa ehdollisen kustan-
nussopimuksen: sopimuksen toteutumisen edelly-
tyksenä oli, että myös kustantaja saa tukirahaa kirjan
painamiseen ja muihin kuluihin sekä helpotusta sille
määrättyyn kymmenien tuhansien eurojen vahin-
gonkorvaukseen. Ratkaisevaa olisi kirjan tuleminen
hyväksytyksi yhdeksi hankkeen tuottamista kirjoista.
Sanan ankarassa mielessä kirjoittamiseni olisi va-
pauttavaa: onnistuessaan se vapauttaisi sekä minut
että kustantajani tuhoisilta seurauksilta.

Seuraavassa tarjoilen lukijalle, tulevaisuuden luki-
jalle, muutaman aihion, näytetekstin, maistiaisen li-
sää. Olen tehnyt pieniä korjauksia ja muutoksia –
minkä kirjailija sille voi, että kun näkee tekstin niin
alkaa sitä heti näpelöidä kuin rupea.

Välimeri näkyy mustana rantahotellin parvekkeelta.

Meren yöllinen kohina ja hengityksen rytmi ovat musiikkia miehen korville.

Etelän pimeä, musta yö peittää alleen asioita, joista ei päivänvalossa puhuta.

Mies asettaa partahöylän ja pienet terävät ompelusakset lakanalle naisen reisien väliin ja katsoo mustaa karvapöheikköä.

Nainen leveällä sängyllä nukkuu, tai on nukkuvinaan, koko sen ajan, kun mies ajelee tämän häpykarvat.

Mies ei ajelun jälkeen kosketa naista vaan katsoo tätä ja näkee nuorempana.

Hän näkee naisen sellaisena, jollainen tämä oli silloin, kun he alkoivat seurustella.

Tyttö oli 15, hän 40 vuotta. Heidän 25 vuoden ikäeroaan pidettiin kummallisena. Heille ikäero ei ollut ongelma.

Miehen postiluukusta pudotettiin ilkeitä kirjeitä ja Vladimir Nabokovin kirjoittama romaani *Lolita*. Kirja kertoo keski-ikäisen isäpuolen ja teini-ikäisen tytön suhteesta.

Vuodet ovat tasoittaneet heidän ikäeroaan. Niin mies mielellään ajattelee, sanoo ääneenkin, vaikka tietää, ettei asia ole yksinkertainen. Nyt nainen on 40 ja mies 65 vuotta.

Mies on väittänyt naiselle, että tämä näyttää vanhemmalta kuin hän.

Voiko 25 vuotta nuorempi näyttää vanhemmalta? Nainen ei tiedä, pitääkö uskoa miestä. Kun nainen katsoo peilistä itseään, omasta mielestään hän näyttää samalta kuin aina.

Mutta mies väittää, että vuodet ovat olleet hänelle armollisia, toisin kuin naiselle. Että se on paljas totuus.

Mies väittää, että vaaditaan toimenpiteitä, jotta nainen säilyttäisi edes hehkeytensä rippeet.

Mies lausuu hiljaa naisen nimen rantahotellin yönmustassa kohinassa. Välimeri hengittää parvekkeen avonaisesta ovesta.

Nainen, joka on nyt tyttö, aukaisee silmänsä leveällä sängyllä.

"Joko?" hän kysyy heleällä äänellä.

Mies murahtaa: "Jo, pikkutyttöni, jo!"

Kolme harmaahapsista ihmistä kohtaa toisensa kerran elämässä, kaksi miestä ja yksi nainen.

He ovat Taisto, Voitto ja Unelma.

Taisto on kuin harmaata maata, Voitto on kuin harmaata ilmaa, Unelma on kuin harmaata laavaa.

Taisto ja Voitto ovat jo kauan naisenpuutteessa haukkuneet toisiaan "Tarhapöllöksi" ja "Huuhkajaksi".

Ennen heidän kolmen kohtaamista on tapahtunut sellaista, joka tekee lähentymisen lähiön pubissa mahdolliseksi, ellei peräti väistämättömäksi.

Taisto on nähnyt naisen pari kertaa aiemmin. Se

on kävellyt häntä vastaan kotikadulla, aina iltasella kahdeksan tai yhdeksän aikaan.

Menossa keskustaan lihatiskille, radalle, baanalle, hän on ajatellut. Panettamaan itseään. Kiimaista sinisen pillerin popsijaa on ravintoloissa, terasseilla ja klubeissa riittämiin.

Harmaatukkainen hyvännäköinen "Kotka" on jäänyt Taiston mieleen. Hän on sitä ajatellut kotona iltaisin.

Ryhti kuin sään pieksemällä ja auringon polttamalla heinäseipäällä, läpeensä harmaalla.

Nainen on niitä, jotka saavat miehen halun syttymään ja kalun sykkimään ennen kuin mies edes huomaa olevansa ihastunut.

Kun "Harmaapääkotka" ilmestyy pubiin, Taisto on heti valmis. Hän tönäisee kyynärpäällä Voittoa ja nyökkää naiselle. Hän ymmärtää, että nainen, Unelmaksi esittäytyvä, pelastaa heidän tylsän iltansa.

Villit ajatukset täyttävät Taiston mielen. Voitto vaikuttaa yhtä innokkaalta.

Ilta sujuu rattoisasti. Kotimatkalla Unelmalla on kaksi saattajaa kuin itsenäistyvällä Suomella, Taisto vasemmassa kainalossa, oikeassa kainalossa Voitto. He menevät Unelman asuntoon. Hississä Unelma suutelee Pitkään Taistoa ennen kuin suikkaa nopean Voiton suudelman.

Miesten mieli ehättää edelle. Ilmassa on suuria odotuksia.

Unelma aukaisee vuodesohvan ja levittää puhtaat

lakanat.

Taisto ja Voitto katsovat, kuinka Unelma kumartuu sängyn päälle. Se on jo puoliksi riisuutunut.

"Kyllä tähän kolme mahtuu."

Miehet vilkaisevat toisiaan. Pian he makaavat vierekkäin sängyssä, kolme harmaahapsista uuniluutaa, selällään ilman vaatteita. Kumpikaan miehistä ei uskalla koskea naista.

Unelma katsoo heitä pitkään, vuoronperään, ja langettaa tuomion.

"Valju Kaljukulli", Unelma sanoo ja jatkaa: "Turha Tuppimulkku". Miehet tuntevat kutistuvansa. He luovuttavat, luopuvat aikeistaan.

Tietämättään he säästyvät sukupuolitaudin tartunnalta.

Tietämättään heillä on housuissaan voitto taistossa unelmasta!

Hääyönä Jorma ei saa kaluaan jäykäksi, vaikka on seurusteluaikana jotenkuten saanutkin.

Jorman mielessä välkkyvät valkoiset kallat, kallan kukat, valkoinen hääpuku, valkoinen valhe.

"Tämä johtuu lääkityksestä", Jorma valehtelee, "niistä valkoisista pillereistä."

Valkotakkeja Jorma ei mainitse, ei Aliisan kaikkea tarvitse tietää.

Totuus on, ettei hän rakasta Aliisaa. Kuinka voi rakastaa naista, joka on kasvissyöjä, mutta syö silti sieniä?

”Sienet eivät ole kasveja”, Jorma sanoo niin kuin on sanonut monta kertaa aiemmin.

On helmikuu, paljon lunta, valkoiset hanget. Kevääseen on vielä niin paljon aikaa, että se on Aliisan mielestä liian paljon aikaa.

Aliisa ei jaksa odottaa vihkimistä pidempään, vaan ilmoittaa, että helmikuussa naimisiin tai ei milloinkaan. Jorma suostuu naama valkoisena.

Jorma makaa nyt valkoisen huoneen aviovuoteella, johon Aliisa on pettyneenä hänet jättänyt ja lähtenyt keittiöön. Viimeinen kuva miehen mielessä, ennen nukahtamista ja omaa rauhaa, on valkoinen kärpässieni.

Aiemmin illalla tuore vaimo on laittanut hääjuhlassa tähteeksi jääneen kasvispaistoksen jääkaappiin ja sanonut tarvitsevansa välipalaa yöllä, hääyönä.

”Ei Jorma jaksa minua koko yötä pidellä.”

Uneen vaipuva Jorma pilkkoo keittiössä valkoista kärpässientä. Jorma näkee itsensä sekoittamassa kärpässienen palat kasvispaistokseen. Valkoisen kärpässienen myrkky on tappavaa.

Aliisan myrkytysoireet alkavat aamulla. Myöhemmin, poliisikuulustelussa, Jorma ei myönnä, että olisi edes unissaan voinut kuvitella lisäävänsä valkoista kärpässientä kasvispaistokseen.

Hän sanoo ainoastaan: ”Voisin kertoa valkoisen valheen, mutta mikään valkopesu ei puhdista elämänvalhetta. Sieni ei ole kasvi!”

ODOTIN VUODENVAIHTEEN JÄLKEEN palautetta Yksinkertaisen kielen keskuksesta, odotin puolitoista kuukautta. Pitkittyvä odotus kalvoi mielialaa. Aloin aavistella, ettei käsikirjoituksen hyväksyminen hankkeessa tuotettavaksi kirjaksi ollut yhtä helppoa kuin oli kirjoittaa ne muutamat kohtalokkaan herjaavat lauseet pääministeristä.

Palautteen sain vasta samassa yhteydessä, jossa keskus ilmoitti, ettei se tämän version pohjalta ottaisi kirjaa hankkeessa julkaistavien joukkoon, mikä vaaransi sekä kustantajan että minun tukirahan ja armahduksen. Käsikirjoitus oli keskuksen mukaan edennyt muuhun suuntaan kuin suunnitelma oli antanut ymmärtää. Pidin kohtuuttomana, etten ollut saanut palautetta ajoissa, jolloin hankkeessa luvattu ohjaus olisi toteutunut ennen hylkäyspäätöstä. Tähän vedoten onnistuin esittämään nöyrää ja sopimaan sekä kustantajan että keskuksen kanssa, että tekisin käsikirjoituksesta kohderyhmälle sopivamman version, joka vastaisi paremmin alkuperäistä suunnitelmaa. Miten sen tekisin, sitä en tiennyt, mutta turvauduin saamaani niukkaan palautteeseen ja lupasin, että muokkaamani ja karsimani käsikirjoitus valmistuisi viikon kuluttua.

Satuin tuon viikon aikana lukemaan Yksinkertaisen kielen keskuksen *Lyhyestä virsi kaunis* -blogista helmikuun kirjoittajan, Yksinkertaisen kielen keskuksen toiminnanjohtajan Raipe Rokulin pohdintoja viestinnän ja yksinkertaisen kielen periaatteista. Otsikossa ja tekstissä kirjoittaja veti suoran yhteyden Osmo A. Wiion laeista yksinkertaiseen kieleen. Hän näki Wiion lait yksinkertaisen kielen puolivuosisataisena perustana.

Kommentoin blogikirjoitusta näin:

"Wiion laeista tuumailua. En ole opiskellut viestintä-oppiainetta enkä perehtynyt Wiion laeista käytyyn keskusteluun, mutta erilaisissa koulutustilaisuuksissa ja muuallakin näitä lakeja on lainailtu.

Ahkera lainaaminen johtuu mielestäni pikemminkin vitsikkyydestä kuin totuudellisuudesta. Wiion lait ovat aforistiikkaa, paradokseja ja ristiriitaisuuksia, ja sellaisina niistä voi päätellä mitä vain – niin tai näin. Aina osuu ja uppoaa. Ne ovat aikansa meemejä. Jos joku keksisi ne nyt, ne tulisivat vastaan somen uutisvirrassa sattuvan kuvan kera, tosin tosina lauseina, niin kuin keskustelun aloittajakin tulkitsee (satun tietämään jotain tästä aiheesta: pro gradu -tutkielmani käsitteli tulkintalauseen totuudellisuutta).

Tässä parodinen analogia Franz Kafkan hengessä:

1. Matka yleensä epäonnistuu paitsi sattumalta.
2. Jos matka voi epäonnistua, niin se epäonnistuu.
3. Jos matka ei voi epäonnistua, niin se kuitenkin tavallisimmin epäonnistuu.
4. Jos matka näyttää onnistuvan toivotulla tavalla, niin kyseessä on väärinkäsitys.

5. Jos olet itse mielestäsi perillä oikeassa paikassa, niin olet varmasti väärässä paikassa.
6. Jos matkalla voi tapahtua eri asioita, niin tapahtuu asia, josta on eniten vahinkoa.

Terv. N.N."

JÄLKEENPÄIN YMMÄRSIN, mikä ajatus minulla oli tulollaan, mutta en vielä osannut kommentissani kiteyttää sitä. Kuinka uskottavaa on yksinkertainen kieli ja sen teoria, jos ne rakentuvat satiiria yrittäneen mutta liian vakavasti otetun viestinnän professorin vitsikkyyteen?

Käsikirjoituksen toisen version kolme mallikertomusta, aihioista taottu, on seuraavassa huvittamassa lukijaa, sikäli mikäli tämä kirja joskus painetaan.

OLI SYKSY, KURPITSAJUHLAN AIKA. Lempi Laaja-alalle kurpitsajuhla oli vuoden parasta aikaa. Hän asui omakotitalossa, Oravatien päässä, viimeisellä tontilla eli umpikujassa, kuten hän leikkisästi sanoi.

Lempi Laaja-ala ei itse kasvattanut kurpitsoja. Työssään sairaanhoitajana hän sai hoivata tarpeeksi. Kurpitsan taimien kasvattamiseen ei jäänyt intoa. Mutta kurpitsajuhlaan hän osallistui täydellä tarmolla. Kurpitsajuhlaa vietettiin joka vuosi Oravatiellä. Oravatien asukkaat, erityisesti miehet, kasvattivat kurpitsoja. Heistä oli hauskaa kerran vuodessa vertailla kurpitsoja, pystyttää myyntipöytä portaiden pieleen. Myyntipöydälle valittiin kauneimman kurpitsat.

Kurpitsat hehkuivat oranssia väriä, valoa, joka sai myös Lempi Laaja-alan hehkumaan. Oranssit kurpitsat tekivät hänet himokkaaksi.

Suurimmat kurpitsat esiteltiin nurmikolla. Ne oli pinottu vierekkäin ja päällekkäin, aivan kuin rakastelevat ihmiset, Lempi Laaja-ala ajatteli. Hän nautti kurpitsojen viettelevistä muodoista, pyöreydestä, kuin voimamiehen pakaroista. Lempi Laaja-ala nautti myös miesten muodoista, erityisesti kurpitsojaan esittelevien miesten muodoista. Hän nautti leveistä hartioista, hän nautti vahvoista käsivarsista, hän nautti lihaksikkaista reisistä. Kaikenlaiset miehet kiinnostivat Lempi Laaja-alaa, nuoret miehet ja vanhat miehet, perheelliset miehet ja yksinäiset miehet, kauniit miehet ja rumat miehet.

Lempi Laaja-alan kiinnostus miehiin johti myös tekoihin. Joka vuosi hän vietteli yhden miehen, suurimman kurpitsan kasvattajan.

Kuka se olisi tänä vuonna?

Lempi Laaja-ala kiersi pihalta toiselle, jotta löytäisi suurimman kurpitsan kasvattajan. Hän vertaili kurpitsoja, ja samalla hän ihaili ja vertaili miehiä.

Kun Lempi Laaja-ala löysi suurimman kurpitsan, oli aika siirtää katse kurpitsasta mieheen, suurimman kurpitsan onnelliseen kasvattajaan. Tänä vuonna suurimman kurpitsan kasvatti rehtori Rusina. Lempi

Laaja-ala avasi rehtori Rusinan edessä popliinitakkinsa ja näytti oranssia mekkoaan, heilautti sen lyhyttä helmaa ja esitteli pitkiä, hoikkia, kauniita sääriään. Tämä toimi aina, niin nytkin. Rehtori Rusina katsoi pitkään alaviistoon, lumoutui Lempi Laaja-alan sääristä. Rehtori Rusina nosti katseensa ja hymyili kysyvästi. Lempi Laaja-ala hymyili takaisin.

Vuosien varrella moni mies oli kasvattanut suurimman kurpitsan. Näinä vuosina Lempi Laaja-ala oli rakastellut oudoissa paikoissa. Hän oli rakastellut kellarissa, autotallissa, kodinhoitohuoneessa, vaatekomerossa, keittiössä... Miehet olivat tyydyttäneet itsensä kuka mitenkin, kaikki jotenkin. Mutta kukaan ei ollut tyydyttänyt Lempi Laaja-alaa.

Tänä syksynä Oravatiellä, kurpitsajuhlan lähestyessä loppuaan, oli rehtori Rusinan vuoro yrittää. Rehtori Rusina, suurimman kurpitsan ylpeä kasvattaja, taivutti Lempi Laaja-alan pakastinarkun kannelle. Rehtori Rusina vapisi innostuksesta, kun hän paineli pikku kikkeliään oranssia mekkoa vasten. Rakastelu kesti kaksi minuuttia, eikä Lempi Laaja-ala ehtinyt tuntea muuta kuin kutittelua.

Jälkeenpäin Lempi Laaja-ala alkoi ajatella, ettei seuraavaan syksyyn niin pitkää aikaa ollut. Vuosi vain ja jälleen jollain olisi suurin oranssi kurpitsa!

Kun Esko Mutanen eräänä aamuna heräsi levottomista unistaan, hän tunsi heti, että jotain oli vialla. Jotain oli eri tavalla kuin yleensä. Hänen vuoteensa oli...

tahmea.

Sen jälkeen kun Esko Mutanen oli täyttänyt 55 vuotta, elämä oli muuttunut. Kaikkea outoa tapahtui, sellaista jota ei osannut odottaa. Oliko hänen otteensa elämästä irtoamassa? Kerron sen sinulle. Esko Mutanen oli kauppamatkustaja, niin kuin sinäkin olet kauppamatkustaja. Me kaikki olemme elämän kauppamatkustajia. Minun nimeni on K. Se saa riittää nyt tässä. En halua, että tarinani leviää laajalle. Ihmiset ovat nykyään liian kiinnostuneita toistensa asioista. Netistä haetaan tietoa toisista ihmisistä. Menneet tapahtumat kaivetaan esiin. Mitään ei voi jättää unohduksiin. Kysyt tietenkin, miksi kerron tätä edes sinulle. Huviksi ja hyödyksi. Tarinassani on hauskuutta, näen sen myös itse. Ja sinä voit oppia jotain. Minulle on samantekevää, ajatteletko minun olevan Esko Mutanen tai hänen minä, ei mitään väliä. Usko mitä haluat.

Olet vielä nuori ja urasi alussa. Minä olen kolunnut näitä hotelleja jo vuosikymmeniä. Olen nähnyt kaiken. Niin luulin. Sitten tapahtui tämä, mistä sinulle kerron. Asiaan siis. Kauppamatkustajana Esko Mutanen oli tottunut nukkumaan hotellihuoneissa. Mutta mitään tällaista tahmeutta hän ei ollut ennen tuntenut. Mitä hänelle oli tapahtunut?

Huone oli pimeä, ikkunoita peittivät paksut pimennysverhot. Yöpöydällä oli kelloradio, jonka numerot näyttivät, että oli aamu. 07:27. Esko Mutanen tunnusteli itseään. Hänellä ei ollut yöpukua, toisin kuin tavallisesti. Maku suussa oli sellainen, että hän oli varmasti juonut alkoholia illalla. Hän oli kai juonut yölläkin. Ja hän oli syönyt jotain. Aivan! Nyt Esko Mutanen muisti. Hän oli lähtenyt hotellin baariin. Takaisintuloa hän ei muistanut. Mutta tässä hän nyt kaiketi heräili omassa huoneessaan, omassa leveässä hotellisängyssään. Hän heilautti oikean kätensä vuoteen toiselle puolelle. Hän kopeloi tyynyä, lakanaa, peittoa. Ei mitään. Mitä olisi pitänyt olla? Nainen. Esko Mutanen nimittäin muisti kuvan, kuin filminpätkän, jossa ruskeasilmäinen nainen istui hajareisin hänen päällään ja nai häntä. Ja se oli tapahtunut tässä sängyssä. Se oli sama nainen, Esko Mutanen oivalsi. Se oli sama nainen, jonka hän oli nähnyt aulassa aiemmin illalla. Hän oli kirjautumassa hotelliin ja nainen oli istunut leposohvassa ja tarkkaillut häntä. Oliko hän tuonut naisen baarista huoneeseensa? Vai oliko hän nähnyt unta?

Hän sytytti yöpöydän lampun. Sänky näytti kamalalta. Petivaatteissa oli ruskeita raitoja. Mitä ihmettä vuoteessa oli tapahtunut? Mitä hän oli tehnyt sen naisen kanssa? Mitä se oli tehnyt hänelle? Esko Mutanen siirsi peiton kokonaan päältään. Hän kauhistui, kun näki rintakarvansa ja vatsansa. Hänen karvoissaan ja hänen ihollaan oli ruskeaa raidoitusta, ruskeita möykkyjä, ruskeita kikkareita ja ruskeita roiskeita.

Sydän hakkasi kiivaasti. Kylmä hiki alkoi valua ot-

salta. Esko Mutanen pelkäsi, että hän näkee houre-
kuvia. Äkkiä hän nousi istumaan. Hän halusi nopeasti
suihkuun. Jalat vapisivat, mutta Esko Mutanen pa-
kotti itsensä seisomaan. Hän näki lattialla suklaale-
vyn käärepaperin. Se selitti, mitä oli tapahtunut.
Mutta käärepaperi oli ruskea, ei sininen! Esko Muta-
nen otti navastaan ruskeaa mönjää ja haistoi sitä.
Tuoksu oli makea ja houkutteleva. Hän nuolaisi sor-
meaan, jotta saisi varmistuksen mausta, Sitä se oli.
Hän huokaisi. Ruskeaa.

Matkalla kylpyhuoneeseen Esko Mutanen ajatteli,
että minibaarin suklaaostos olisi parasta maksaa kä-
teisellä. Työnantajan ei tarvinnut nähdä hotellin las-
kusta, että hän oli ostanut kilpailevan yrityksen suk-
laata. Työnantaja vielä luotti häneen, eikä hän halun-
nut menettää luottamusta, ei tällaisen erehdyksen
vuoksi. Esko Mutasen muisti alkoi palata suihkussa.
Hän oli juonut paljon alkoholia naisen kanssa. Hän oli
valittanut naiselle työasioitaan. Kauppamatkusta-
jana hänen olisi pitänyt ylistää sinisen suklaan pa-
remmuutta, ylistää joka ainoa työpäivä. Mutta se
mikä hänelle päivällä oli sinistä, oli yöllä ruskeaa.

Hiuksia kuivatessaan Esko Mutanen muisti, että
yöllä hän ei ollut niinkään välittänyt naisen seurasta.
Hän oli halunnut mennyt sänkyyn ruskean suklaale-
vynsä kanssa. Hän oli avannut levyn ja ahminut suk-
laata. Kun hän oli nukahdellut, nainen oli ravistellut
hänet hereille. Hän oli herättyään jatkanut suklaan
syömistä. Suklaa oli sulanut suussa löysäksi velliksi.

Humalassa Esko Mutanen ei hallinnut itseään, vaan antoi suklaavellin valua suusta rinnalle ja mahalle. Nainen oli tulistunut niin että pannut hänet valitsemaan. Ruskeat silmät vai ruskeat raidat? Valinta oli helppo. Nainen oli pukeutunut heti ja lähtenyt. Kauppamatkustaja Esko Mutanen oli ahminut itsensä uneen.

Joitakin ihmisiä ei unohda koskaan. He jäävät elävinä kuvina mieleemme. He ovat aina meidän mukanamme, meidän sydämissämme. Sellainen oli Sirkku, kesätyöntekijämme. Sanoin Sirkkua keltaiseksi kesäkissaksi. Nimitykseen oli hyvä syy. Sirkku pukeutui useimmiten keltaisiin vaatteisiin. Jos ei kaikki ollut keltaista, ainakin hänellä oli jokin keltainen asuste, huivi tai hattu tai käsilaukku. Sirkku keltaisissa ei ollut vain keltainen kesäkissa, hän oli myös kuin keltainen kanarialintu. Hoikka, kevyt, nopea. Sirkku keltaisissa oli niin paljon muutakin, hän oli kuin sitruuna-perhosen tanssi, levoton, arvaamaton, peloton. Sirkku keltaisissa toi mieleen sitruunapullan lapsuudestani. Sitruunapulla oli tuoksuva, maukas, pehmeä suussa, ja yhtä söötti oli kesäkissa, Sirkku keltaisissa. Sirkku toi valon ja ilon toimistoomme. Keltaisuudessaan hän oli tuttu ja rakas.

Itse olin aivan tavallinen mies, pukeuduin huolettomasti, olin ystävällinen ja välttelin riitoja. Suurin intohimo työssä oli jo lopahtanut. Tein sen mitä minulta odotettiin, sain palkkani ja elätin sillä itseni.

Perhettä minulla ei ollut.

Työpaikan ruokalassa erotin Sirkun ihmisjoukosta. Minun ei tarvinnut edes nähdä hänen kasvojaan. Hänen ympärilleen kerääntyi aina pöytä täyteen miehiä.

Moni työkaveri minun lisäkseni rakastui Sirkkuun heti kesän alussa. Puhuimme Sirkusta kuntosalin pukuhuoneessa. Kun Sirkku värjäsi tukkansa keltaiseksi, loputkin toimiston miehistä rakastuivat häneen.

Hänellä oli aina viehättävä katse, kun hän käveli vastaan toimiston käytävällä. Hän teki aina kädellään hullaannuttavan eleen, melkein kosketti minua, kun satuimme samaan aikaan kopiokoneelle. Hän sanoi aina päihdyttävän sanan, jolla nosti miehistä itsetuntoani, kun pysähdyimme juttelemaan vesiautomaatilla.

Tahtomattani kuulin työpaikan miesten kuvitelmia, minkälaista keltaista Sirkkua olisi puristaa sieltä ja täältä. Mutta kukaan ei voinut kertoa muuta kuin kuvitelmia. Sirkku ei ollut langennut yhdenkään miehen houkutuksiin.

Yrityksemme perinne oli henkilökunnan kesäretki Suomenlinnaan. Sinä kesänä Suomenlinnassa Sirkku sai miehet villiintymään. Hän leiskui keltaista väriä ja valoa kilpaa auringon kanssa. Hän oli aurinkomme, me miehet kiersimme häntä. Söimme retkieväät lähellä Kustaanmiekkaa. Onnistuin pääsemään Sirkun viereen huovalla. Tunsin kuinka hän nojautui minuun. Se oli pisin kosketus, mikä meillä oli koskaan.

Hänen vartalonsa paino minua vasten tuntui hyvältä. "Lähde mukaan, vartijaksi", Sirkku kuiskasi ja nousi. "Minkä vartijaksi?" kysyin. Hän ei vastannut vaan meni jo polkua alas. Vastauksen sain, kun hän kyykistyi rinteessä puskan suojassa. Pian kuului suhina. Virtsa syöksyi nurmelle vahvana suihkuna. Näkymä oli esteetön moneen suuntaan, niin häneen kuin merelle. Sirkku katsoi minua silmiin, hetken, mutta käänsin katseeni merelle. Aallot heijastivat kultaa, laineet loiskivat rytmikkäästi. Haistoin meren suolaisen tuoksun.

Syksyllä Sirkku lähti takaisin opiskelemaan. Toimistosta katosi samalla valo ja ilo. Se oli taas vain työpaikka. Sen koommin en ole Sirkkua nähnyt. Sen koommin en ole hänestä kuullut. Mielessäni, muistoissani Sirkku on toki ollut sata ja tuhat kertaa. Kuinka hänenlaistaan keltasirkkua voisi unohtaa! Yhä joskus tunnen hänen vartalonsa painon minua vasten. Se mikä silloin Suomenlinnassa tuntui hyvältä, tuntuu nyt ikävältä.

Tänään, yli kolmenkymmenen vuoden kuluttua, hänen unohtumaton nimensä oli äkkiä edessäni, kun avasin lakiasiaintoimiston kirjeen. Luin, että hän oli elänyt yksin, avioitumatta, ja kuollut yksinäisenä keltatautiin.

Hän oli osoittanut viimeisen toiveensa minulle. Hän halusi, että ripottelisin hänen tuhkansa meidän paikkaamme, Suomenlinnan Kustaanmiekkaan.

 ilmoitti lopullisesti helmikuun viimeisenä päivänä, ettei se ota kirjaa mukaan hankkeen kirjoihin. Suurimpina syinä olivat kirjan "avoimen seksuaaliset lähtökohdat" ja "nihilistinen, rienaava perussävy". Olin häkeltynyt. Vastasin, että "tässä ei taida niinkään olla kyse yksinkertaisesta kielestä vaan kohderyhmän (hätä)varjelusta. Maininta kirjan lähtökohdista ja perussävystä viittaa moralistiseen arvottamiseen, johon alun alkaen pelkäsin törmääväni. Optimistina kuitenkin odotin, että tämä tulee esiin vasta kirjan julkistamisen jälkeen."

Hylkäävän päätöksen piti merkitä minulle leikin loppua Yksinkertaisen kielen keskuksen kanssa. Aloin tyylitellä aineistoani kaunokirjaksi, jota varten olin saanut Kirjailijaliitolta apurahan. Hylkäys kuitenkin mietitytti, enkä malttanut olla kirjoittamatta käänteestä Facebookiin samassa yhteydessä, jossa mainitsin muutaman muunkin takaiskun noina aikoina. Mieliala mateli maassa, armahdusta ei olisi tulossa enkä ikinä selviäsi pienillä tuloillani maksettavaksi määrätystä vahingonkorvauksesta.

Hämmennyksissäni silmäilin päivittäin Yksinkertaisen kielen keskuksen sivuja – minä ikään kuin etsin selitystä tapahtuneelle, jotain lisävihiä kohtelulleni. Tulin blogiin. Tarjolla oli kuusi postausta, joita oli kommentoinut neljä henkilöä yhteensä viidellä kommentilla. Kaksi viidestä oli minun kommenttejani. Ajattelin, että kun kirjoitan vielä yhden kommentin, niin vastaan viisikymmentäprosenttisesti blogin keskustelusta. Ajattelin myös, että toisissa oloissa tyrmäämisen sijaan minulta olisi pyydetty blogikirjoitusta. Tämän ajatuksen elähdyttämänä kirjoitin pitkähkön kommentin kirjoitukseen, jossa kysyttiin, kuka taitaa ja omistaa yksinkertaisen kielen.

"Jatkan vielä keskustelua siitä, kuka taitaa yksinkertaisen kielen, kenelle yksinkertainen kieli kuuluu ja mitä sillä sopii sanoa ja kirjoittaa. Joudun aluksi pohjustamaan ajatuksiani omakohtaisella tarinalla.

Edellä esittäydyin ensimmäistä yksinkertaista kirjaani tekevänä. Olen mukana *Lue Simppeli! Olé Tomppeli!* -hankkeessa kirjailijana ja tuensaajana. Tuki on ollut lähinnä rahallista. Rakkautemme värinä -novellikokoelman suunnitelmasta kuulin, että sitä pidettiin uudenlaisena avauksena. Kun suunnitelmat ja synopsikset kasvoivat novellien aihioiksi, vastaanotto muuttui kylmäksi. Kirjaa ei oteta hankkeessa julkaistavien kirjojen joukkoon. Palautetta vielä luvattiin, mutta sitten joskus, kun muut kirjat ja työt kustantajani kanssa on saatu hoidetuksi. Mitäpä palautteella tekee enää, kun ehdollinen kustannussopimus on rauennut eikä kustantaja julkaise ennakkoon jo hyvin myynyttä kirjaa.

Hankkeen julkilausutun lupauksen mukaan kirjailija saa tukea ja palautetta niin kauan, että kielen yksinkertaisuus varmistuu ja kirja valmistuu hankkeen hoivassa. Sain toki myös kieleen liittyvää palautetta, mutta Yksinkertaisen kielen keskuksen terveiset tuntuivat olevan kirjan mahdollisten lukijoiden siveyttä vaalivia. Moitittiin kirjan peruslähtökohtia ja sävyä.

Tavoitteeni oli kirjoittaa tuhmia ja hauskoja, tai terävämmin sanottuna härskejä ja hervottomia rakkauskertomuksia – ja rakkaus ymmärrettynä muuna kuin tunnepuheena, siis tekoina, siis seksuaalisuutena, siis leikillisenä erotiikkana, siis pornografian parodiana. Mutta tämä on jotain, joka halutaan sulkea pois yksinkertaisen kielen kohderyhmän tajunnasta.

Hankkeessa etsitään uusia yksinkertaisen kirjan kirjoittajia ja halutaan uusia aihealueita, mutta 'hyvä maku' rakentaa äkkiä muurin väärille aiheille. Mutta mehän tiedämme, mitä muurin takana on: *Bad bad hombres, nasty criminals.* Terv. N.N..”

 ja uusi maailma.

Pian sen jälkeen kustantajani palasi aiheeseen uusin vaikuttamiskeinoin. Ne ylittivät roimasti aiemmat uhkaukset, lahjontaan hän ei ollut edes turvautunut, harmikseni, koska sopiva summa olisi voinut pehmentää minut suostumaan. Hän hyppäsi uhkauksistaan suoraan kiristämiseen, mikä oli sikäli inhottavaa, että se heikensi motivaatiotani vaikka olisin kipeästi tarvinnut apua motivaation lisäämiseen – siis siinä tapauksessa, että suostuisin. Pakkohan minun oli suostua.

”Tämä kääntyy vielä onneksesi”, kustantajani sanoi. ”Lopulta kiität minua.”

Pystyimme sentään puhumalla sopimaan, ei tarvinnut painia toimiston lattialla, kuten tiedetään vastaavassa tapauksessa tehdyn.

Piste, huomautus: Hanna, etsi Hotakainen-Siltala-case ja tee viittaus.

Siis sovimme puhumalla. Puhumalla – ironisesti ymmärrettynä, sillä kiristäminen on muutakin kuin puhumista.

Hanna, laita tähän alaviite ja jotain että lukekaa puheaktiteorian perusajatukset, niin ymmärrätte paremmin; J. L Austin: *How To Do Things With Words*.

Kun olin tehnyt ratkaisuni, kun olin suostunut hänen ehdotukseensa, yritin vaikuttaa mieleeni ja mielikuviini, etten jäisi kuran maku suussa makaamaan lätäkköön, vaan tarttuisin toimeen kuin se olisi juuri sitä, mitä halusin, ja aivan omaa keksintöäni. Nopeasti taltutin päätään nostavan synnynnäisen kapinalliseni ja annoin henkisen näyttämöni esiintymislavaksi sisäiselle sankarilleni ja tätä kohottaneelle voimaantumiselle, aivan mentorieni itsensä johtamisen valmennuksen oppien mukaisesti.

Alaviitteeseen Esa Saarinen, Jari Sarasvuo ja Juha Siitonen, etsi sopiva lähde kullekin, mutta älä tuhlaa aikaa, ei näitä Hanna kukaan tarkasta; mainitse kuitenkin, että olen ollut tilaisuudessa kuulla näitä kaikkia eri vuosikymmenillä.

Selviytyisin tästä niin kuin olin selviytynyt monesta muustakin loukusta, ansasta, pinteestä, olihan aseenani kynä, terävä ja väsymätön, ja käytössäni kokoelma hyppelehtiviä elokuvia muistini arkistossa, vieläpä niiden rikastamiseksi hetivalmis pidäkkeetön mielikuvitus.

Minulla on geneettiset ominaisuudet, jotka auttavat monimutkaisen kielen omaksumisessa, sillä esiisäni ovat tunnettuja monimielisyyksien viljelijöitä ja haarakkaiden virkkeiden rakentajia, keksaistuja sanoja unhoittamatta, tyylirikot takataskussa aina valmiina hihasta vedettäväksi kuin alkusointuinen rampa rakastaja raahaamassa ratakiskoa Kurusta Kupittaalle.

Seuraavalla käsikirjoituksella, josta annan näytteeksi kolme kertomusta, hiottua, katson myös lunastaneeni lupaukseni kustantajalleni, enkä suostu enempiin toimiin tässä asiassa. Kuten uutisointia seuranneet tietävät, kustantajani kiristyskeino on menettänyt merkityksensä kolmannen osapuolen ulostulon vuoksi.

Merkitse Hanna tähän muutama viittaus ajankohtaiseen mediahärdelliin — tai, tarkemmin harkittuani, jätä edellinen kappale pois.

Kolmas teksti, tämä on kirje, alkuun tavanomaiset kohteliaisuudet, sen jälkeen sommittele ja muokkaa seuraavista ajatuksista jäntevästi etenevä reklamaatio työryhmän päätökseen evätä monimutkaisen kirjallisuuden tuki kustantajaltani ja periä takaisin kirjailijantukeni.

Emme – huomaa Hanna että kirjailija ja kustantaja esiintyvät reklamaatiossa yhteisrintamassa – hyväksy väitettä, että voyeurismissaan kirjamme on enemmän suoraviivaista tirkistelyä kuin monimutkaista kieltä. Minä mikään *Peeping Tom* ole! Alkuperäisessä suunnitelmassa hahmotellut sisällöt ovat vaatineet erityistä tyylin kohosteisuutta, minkä ei olisi pitänyt tulla uutisena kielen asiantuntijoille. Lisäksi monimutkaisen ja suoraviivaisen kielen tiukka teoreettinen erottelu on kansainvälisessä tutkimuksessa kyseenalaistettu viime vuosina.

Lähde: Schnell & Box 2016 – Hanna, katso merkintöjäni kirjan alkulehdillä.

Olemme huolissamme, että monimutkaisen kielen teoreettinen perusta Suomessa on valettu Osmo A. Wiion inhimillisen viestinnän lakien varaan. Niistä todella voi johtaa monimutkaisen kielen tunnusmerkit täyttäviä vaikeaselkoisuuksia, suorastaan käsittämättömyyksiä, mikä kuitenkin antaa huteran perustuksen kunnianhimoiselle spesifin kielen teorian rakentamiselle, koska Wiion lait ovat satiiriksi tarkoitettuja ristiriitaisuuksia, jotka kuitenkin on – ikään kuin ironiaa huipentaen – usein omittu ja jaettu syvällisinäkin viisauksina. Nehän ovat samaa luokkaa kuin savolainen kieroilu; tai sitten eivät ole (sic). Aito outokielisyys pystyy meidän katsannossamme vuosikymmeniä vanhaa väärinymmärtämistä älykkäämmällä 3D-tulostimella luomaan ennennäkemättömiä kielellisiä kiemuroita, jotka kasvavat Franz Kafkan ja

Jorge Luis Borgesin lannoittamasta maasta, joka Ernest Hemingwayn romaanin *Kenelle kellot soivat* osoittamalla tavalla toteaa tyynesti, että maa järisi. Siitä on kyse käsikirjoituksessamme *Rakkautemme värinä.*

Viittaamme työryhmän näkemykseen sen omissa perusteluissa kirjailijanavustuksen myöntämisessä. Ideaamme pidettiin rohkeana avauksena ja näytetekstiämme rajoja venyttävänä. Nyt kuitenkin työryhmä näkee puutteina ne piirteet, jotka se aiemmin näki ansioina. Monimutkaisen kielen uudistamispyrkimys onnistui työryhmältä niin kauan kun se oli ajatuksen tasolla, aie, suunnitelma, hyväntahtoinen pyrkimys. Käytännön toteutus – suunnitelman viitoittamalla tavalla – onkin ollut kulttuurishokki. Työryhmä ei halunnut nähdä itse vapaaksi päästämäänsä elinkautisvankia – ehkä *Monte-Criston kreivi* häilyi tajunnan takamailla vilkuttamassa kostokirjettä. Tässä kohtaa kuulemme ja tunnemme holtittomasti huutavan vääryyden!

Työryhmä tekee kategorisen virheen, kun se samaistaa käyttämämme POV-tekniikan ja pornografian.

Hanna, etsi jostain sanakirjasta selitys POV:lle.

Tuomme esiin painokkaasti, että ennakkolupausten mukaisesti meidän olisi pitänyt saada ohjaavaa palautetta varhaisemmassa vaiheessa. Nyt palaute tuli sen jälkeen, kun kustantajanavustus oli evätty ja ehdollinen kustannussopimuksemme näin ollen rauennut – ja suurisuuntaiset lupaukset armahduksesta vailla katetta. Palaute on siis hyödytön – ellei työryhmä kumoa aiempaa päätöstään tämän reklamaatiomme jälkeen, mitä tietenkin toivomme.

Pidämme asiattomana työryhmän nuhteita keskuksen tunnuksen halventamisesta sosiaalisessa mediassa. Julkaisemamme punaisin ylivedoin varustettu M-tunnus on ymmärrettävä turhautumisen merkiksi suuren työmäärän uhatessa valua viemäriin. Pidätämme itsellämme oikeuden mielipiteen ilmaisemiseen emmekä hyväksy sen rajoittamista, etenkään kun hyvin alkanut yhteistyömme on katkolla työryhmän ennalta arvaamattoman tulkinnan ja arvottamisen vuoksi.

Epäilyt muutaman kertomuksen plagioimisesta epämääräisten mielikuvien johdosta ilman pienintäkään johtolankaa plagioitavista teoksista alittavat karkeasti työryhmältä odottamamme tason. Aivan kuin työryhmän jäsenet – .

Hanna, keksi tähän jotain pisteliästä.

Jo pelkkä käsikirjoituksemme laajuus osoittaa, että väitteet kirjailijanavustuksen käyttämisestä muuhun kuin kirjoittamiseen, ovat järjettömiä – työmäärä olisi riittävä, vaikka olisimme kirjoittaneet yhtä lausetta uudelleen ja uudelleen!

Hanna, Stephen Kingin *Hohto* vertauskohdaksi.

Keskustelu monimutkaisen kielen myönteisistä

vaikutuksista suvaitsevaisuuteen ja avartavista ajatuksista erilaisuuden kohtaamiseen heittää häränpyllyä, kun vuoden *Hullukaan ota tästä selvää* -teoksi uumoiltu kirja jää julkaisematta. Saanemme ehdottaa vastalahjaa työtyhmälle: tusina tippaleipiä!

Tiedämme kokemuksesta, että anelu, matelu tai liejussa ryömiminen eivät vaikuta arvonsa tuntevaan työryhmään. Viisastelukaan ei auta, hauskuutus ei naurata, kikkailu ei kosketa. Ala on harvaan vaihtuvan harmaakiharain vallassa. Alan paapat saattaa kaapata hanskaan vaan aavaa maata laatikolla laahaavalla ja raa'alla kalalla lastatulla laamalla.

Yhteenvetona – .

Hoida tämä. Loppuun ystävällisen tiukka tervehdys, nimet ja sähköiset allekirjoitukset – sanelu päättyy. N.N.

JAANALLA ON UUSI TURKOOSI KESÄMEKKO, joka sopii hänen hoikalle vartalolleen. Hänellä on mekkoon sopiva turkoosi kesähattu, joka kaunistaa hänen iloisia kasvojaan. Ja hänellä on turkoosi silkkihuivi, joka on ilmaa keveämpi. Kesähattu ja silkkihuivi suojaavat Jaanan vaaleaa ihoa auringolta.

Jaana on kävelyllä kaupungilla. Hän haluaa olla ulkona, kulkea kaupungin katuja, jotta hänellä ei olisi niin ikävä omaa rakasta.

Jaana kävelee hitaasti Hesperian puistosta Mannerheimintietä keskustaan, ohi Finlandiatalon ja ohi

Eduskuntatalon, hän kävelee ohi Sokoksen tavaratalon, jonka näyteikkunoissa on kesävaatteita. Hän kävelee ohi Lasipalatsin ja Forumin, joka saa hänen mielensä laulamaan: "Ajatar on Foorumissa..."

Hän kääntyy vasemmalle Aleksanterinkadulle. Ennen Senaatintoria hän kääntyy oikealle ja on kohta Pohjois-Esplanadilla. Hän ohittaa kosteutta ympäriinsä pirskovan patsaan, Havis Amandan ja merileijonat, ja tulee kadun ylitettyään Kauppatorille. Kukat, marjat, hedelmät ja vihannekset tiskissä ovat värikkäitä kuin taulussa. Hän muistaa, kuinka on rakkaansa kanssa ostanut mansikoita torilta. He syöttivät mansikoita toisilleen Tuomiokirkon rappusilla.

Kierrettyään torin hän palaa takaisin ja tulee Esplanadin puistoon, jossa hän ja lähtee kävelemään hiekkakäytävää ohi Kappelin ja ulkoilmalavan. Ruotsalaisen Teatterin kohdalla hän kääntyy vasemmalle Erottajalle ja Mannerheimintien ylitettyään jatkaa hidasta kävelyä Bulevardilla ohi Ruttopuiston, jossa on hänenkin sukulaisten hautapaasi, ohi Ekbergin kahvilan, jossa Esa Saarinen näkyy keskustelevan innokkaasti punatukkaisen naisen kanssa, ohi gallerioiden ja putiikkien, joissa hänen ei tänään tarvitse piipahtaa, aina Hietalahden torille saakka.

Jaana liikkuu mielellään kaupungilla. Erityisesti hän viihtyy kaduilla, joilla on paljon vastaantulijoita. On hauskaa näyttää uusia vaatteitaan ventovieraille ihmisille. Monet naiset katsovat häntä, kun he ohittavat toisensa.

Lopulta hän istahtaa rantaravintolan terassille. Hänestä on ihanaa antaa muiden terassilla istuvien katsoa häntä. Hän tuntee, että hän on kaunis ja tyylikäs nainen. Hän on nuorekkaan oloinen ja näköinen, vaikka ikää on melkein viisikymmentä vuotta. Jaana tietää, ettei ole enää nuori, mutta ei hän vielä vanhakaan ole. Jaana huvittelee terassilla suuntaamalla merkitsevän katseen jollekin yhtä kauniille naiselle kuin hän itse on.

Hän käy välillä naistenhuoneessa ja korjailee siellä asuaan. Hän katsoo, että turkoosi hattu on viehättävästi kallellaan. Hän oikoo turkoosia kesämekkoa. Huivia, turkoosin väristä, hän asettelee kaulalleen kauan, mutta ei halua nähdä eikä ajatella kaulan ryppyjä. Jaana etsii täydellistä huivin asettumista kaulalle ja rinnoille. Samalla kun Jaana kohentaa asuaan peilin edessä, hän hyväilee itseään, rintojaan ja sääriään. Hän hipaisee kuin vahingossa häpyään mekon päältä.

Ja kun Jaana on tämän tehnyt, hän sulkeutuu koppiin, istuutuu pöntölle ja tyydyttää itsensä nopeasti omin käsin, hipaisee häpyään huivilla, ja tuntiessaan laukeamisen lähestyvän, hän peittää turkoosilla silkkihuivillaan kasvonsa, pitää huivia suun edessä huulilla, sieraimilla, silmien peittona ja hyväilee itseään loppuun saakka.

Yhtä aikaa hän tuntee ja maistaa naisen rakkauden, aistii herkät tuoksut. Tyydytyksen kouristaessa

ja vapisuttaessa hän näkee vain turkoosin merenlah-
den.

Hän tietää, että pian, pian hänen rakkaansa tulee
lomamatkaltaan miehensä kanssa, viimeiseltä niiden
yhteiseltä, viimeiseltä ilman häntä. Niin on sovittu.

Samalla kun tämä on niiden viimeinen yhteinen
loma, he kaksi eivät enää milloinkaan vietä lomaa
erikseen, hän ja hänen rakkaansa. Rakas rakas rakas
on kohta vihdoinkin vapaa miehestään, eikä heitä
erota mikään, ei mikään.

Jaana kuvittelee, kuinka turkoosilla huivilla he si-
tovat kaksi elämää yhdeksi. Se on saavutus, huikea
saavutus viisikymppisten naisten elämässä. Sormuk-
sia ei tarvita.

Turkoosin siniset leinikit koristavat hänen hääpu-
kuaan. Hän tietää tämän, hän näkee tulevan. Heillä
on kukkia hiuksissaan kuin hipeillä matkalla San Fran-
ciscoon. Turkoosin siniset orvokit otsallaan hän suu-
telee morsiamensa turkoosin sinisiä silmäluomia,
kun he rakastelevat aamuyön hiljaisuudessa. Rak-
kaan hiuksissa on ruiskukkia.

Jaana palaa ravintolan terassille ja istuutuu pöy-
täänsä. Hän tilaa toisen lasin valkoviiniä.

Kun tarjoilija on tuonut lasin ja hän on maistanut
sopivan viileää viiniään, hän jatkaa heidän ensimmäi-
sestä yhteisestä lomamatkasta unelmoimista. Hän
sulkee silmänsä. On hiljaista, liikenteen äänet vaime-
nevat ja sitten katoavat.

Mielessään Jaana näkee heidät, näkee itsensä ja

rakkaansa, näkee hiekkarannalla ilman vaatteita. Hän kuvittelee heidät kahlaamaan rannan matalaan veteen, vain turkoosi kesähattu päässä ja turkoosi silkkihuivi lantioilla.

Jaana kuvittelee, että laguunin turkoosi vesi on kirkasta. Jaana ja rakas kahlaavat syvempään veteen. Näkyy pohja ja pohjalla litteitä kiviä, värikkäitä simpukoita ja liukkaita kaloja ja kauniita sanoja, joita kaunokirjailija Olli Jalonen käyttää: harso, huntu, vaippa – ja syli.

Naiset katsovat toisiaan ja sitten sukeltavat. He sukeltavat turkoosissa vedenalaisessa paratiisissa loputtomiin, niin kauan ja niin kauas kuin pystyvät.

Naiset käyvät pinnalla äkkiä hengittämässä ja painuvat sitten taas sukelluksiin.

Jaanan nukahtaessa viinilasi kirpoaa hänen kädestään ja räiskähtää rikki asfalttiin. Jaana kuulee äänen ja tuntee märät roiskeet nilkoissaan, mutta ei lopeta sukeltamista rakkaansa kanssa.

Turkoosi silkkihuivi irtoaa ja nousee pinnalle.

: "Pojat". Niin äiti on tottunut puhumaan heistä, Ilarista ja Hannusta, lapsuuden kavereista. Ilari tietää, että äidille he ovat poikia, vaikka he ovat jo 30-vuotiaita. Äidille he olisivat poikia vielä pitkään, vielä vuosia tämän päivän jälkeen.

He istuvat pehmustetuissa lepotuoleissa kesämökin edessä. On käyty saunassa. Taivas on sininen. Ei tuule. Nyt nautitaan ilta-auringosta. On rauhallista aikaa olla ja jutella. Äiti on saunan jälkeen pukenut siistit vaatteet, aivan kuin odottaisi vieraita.

Ilarin äiti katsoo leveäharteisia nuoria miehiä, joilla on vain shortsit jalassa ja ylävartalo paljaana. Äiti sanoo: "Pojat, olen aina tiennyt teistä kahdesta. Olen tiennyt, kuinka rakkaita olette toisillenne."

Mistä äiti tietää? Ilari miettii. Ja mitä kaikkea äiti tietää? Ilari ei kuitenkaan sano äidille mitään. Hän odottaa, jatkaako äiti puhetta. Häntä jännittää. Hän vilkaisee Hannua ja näkee, että myös Hannua jännittää.

"Minä näin teidät, pojat", äiti sanoo. Äidin huulilla on hymy, jonka Ilari on nähnyt vain kerran aikaisemmin. "Minä näin teidät soutuveneessä järvellä", äiti jatkaa.

Ilari tietää heti, mistä äiti puhuu. Koskaan ennen äiti ei ole ottanut asiaa puheeksi. Ilari on luullut viisitoista vuotta, että kukaan ei nähnyt heitä järvellä, sinisessä soutuveneessä, silloin kun he olivat 15-vuotiaita.

Ilari ja Hannu ovat olleet kavereita aina, pikkupojista lähtien. Lapsina he seikkailivat kallioilla, kiipesivät jyrkillä rinteillä. He nousivat rappusia Herttoniemen vanhan hyppyrimäen torniin. Talvella he tamppasivat polkuja hankeen meren jäällä, raivasivat käytäviä kaislikkoon.

Kesälomat he viettivät Ilarin perheen kanssa mökillä järven rannalla. He saivat jäädä viikoksi mökille kaksistaan, kun he olivat tarpeeksi vanhoja. He osasivat jo pitää huolta itsestään. Ilarin isä ja äiti tulivat sitten viikonlopuksi ja toivat heille seuraavan viikon ruuat.

Ilari tietää, mitä äiti tarkoittaa soutuveneellä järvellä. Silloin oli Ilarin ja Hannun viimeinen yhteinen kesä mökillä. Seuraavana kesänä, 16-vuotiaina, heidän piti jo mennä kesätöihin. Enää ei olisi kuumia yhteisiä viikkoja mökillä.

Vaikka mökissä oli kunnon sängyt, Ilari ja Hannu nukkuivat teltassa. Teltassa heillä oli oma maailmansa, vain he ja heidän vähät tavaransa. Mökissä oli hyllyllä äidin koriste-esineitä ja seinällä isän metsästyskivääri. Isän ja äidin tavarat muistuttivat Ilaria ja Hannua aikuisten maailmasta, muiden maailmasta. Ne muistuttivat heitä tavallisten ihmisten maailmasta. Se maailma oli järjestyksen maailma. Isän ja äidin maailma oli maailma, jossa asiat olivat tuttuja. Kaikki tehtiin turvallisella tavalla. Isän ja äidin maailmassa asiat tehtiin niin kuin oli aina tehty. Miksi? Kun ei muusta tiedetty. Kun ei paremmasta tiedetty.

He tiesivät, Ilari ja Hannu. Kesällä saunan jälkeen teltassa oli niin kuuma, että he lojuivat alasti makuupussien päällä. Jonain sellaisena kuumana yönä kaikki alkoi. Kaikki muuttui, eikä mikään ollut enää niin kuin ennen.

He löysivät toisensa, poikina, muuna kuin kavereina. Ilari oli luullut, että heidän ruumiinsa olivat toisilleen tuttuja. Mutta se mitä he olivat nähneet, oli vähän verrattuna siihen, mitä he tulevina päivinä ja öinä tekivät. He koskettelivat toisiaan kaikkialta, he tutkivat toisiaan, ja he nauttivat toisistaan. Ilari ei osannut verrata, oliko heidän koskettelunsa erilaista kuin oli koskettelu tytön kanssa. Hän ei ollut milloinkaan kosketellut tyttöä sillä tavoin. Eikä Hannu. He tekivät alkuun päästyään kaikkea sitä, mitä voi kuvitella heidän tekevän. Ja aikaa myöten he tekivät enemmän.

Ilari muistaa elävästi päivän, jolloin yöt teltassa eivät enää riittäneet heille. He olivat järvellä ottamassa aurinkoa, vene keinui laineiden sinessä. He olivat heittäneet viltit veneen pohjalle. Siellä he makasivat vierekkäin ilman uimahousuja. Näkyi vain kirkas sinitaivas, iholla tuntui auringon lämpö.

Oli niin hiljaista, että teki mieli sulkea silmänsä. Aivan kuin kaikki ihmiset olisivat vaipuneet uneen. Koko maailmankaikkeus nukkui. Vain kaksi nuorta miestä oli valveilla. He suutelivat toistensa rohtuneita huulia. He nuolivat toistemme suolaista ihoa. He hyväilivät toisiaan. He antoivat kättensä hyväillä toistensa kaluja, jotka sykkivät paksuina. Heidän liikkeensä olivat niin sulavia, heidän tekonsa olivat niin luonnollisia, että ei voinut olla mitään pahaa sinitaivaan alla. Eikä mitään pahaa ollutkaan.

Kun sininen soutuvene kahahti vastarannan kaislikkoon, Ilari ja Hannu heräsivät. He katsoivat toisiaan sinisiin silmiin. Ilari souti raukein vedoin veneen kotilaituriin, jossa heitä odotti äiti. Äidin kasvoilla oli outo hymy, Ilari muistaa nyt. Äidin kasvoilla oli sama hymy kuin äsken, huvittunut mutta hyväksyvä hymy.

Lähden perjantaina vähän aikaisemmin töistä ehtiäkseni pahimman ruuhkan alta. Metrojunat ovat lyhyitä eivätkä ne kulje niin tiheästi kuin lupailtiin, kun länsimetroa varten rakennettiin Espoon nuukailun vuoksi lyhyet laiturit. Länsi säästää rahoissaan, itä maksaa nahoissaan.

Kävelen nupukivin päällystetyn torin poikki. Niin kuin aina, mielessäni alkaa soida laulu keväästä. Se on hassua, koska oikeasti on syksy. Silti laulu keväästä on korvamatoni, kuten tällaista päässä soivaa kiusankappaletta kutsutaan.

"On siis kevät, kuljen Hakaniemen rantaan", laulan mielessäni Tavaramarkkinat-yhtyeen laulua.

Työssäni laskuttajana ajattelen numeroita, en lauluja. Lähestyn metroaseman sisäänkäyntiä torin toisella laidalla. Mietin, mitä hauskaa voisimme mieheni kanssa tehdä viikonloppuna. Pitkässä suhteessa kaipaa vaihtelua ja muutosta. Kevätlaulu hiljenee äkkiä, kun pelästyn oviaukosta puskevaa miestä ja naista. He ovat tarttuneet toistensa vaatteisiin kiinni. En uskalla ohittaa heitä.

Mies ja nainen pyörähtävät rajusti kivetyksellä oven edessä. He ovat kuin tanssipari tangolavalla.

Nainen vie, määrää tahdin ja askeleet. Hän on nuori. Hänellä on punainen tukka ja vartijan haalarit. Mies roikkuu mukana, seuraa pariaan. Mies on vanha ja väsynyt. Hänellä on tukka sekaisin. Hän saattaa olla humalassa. Vartijanainen vääntää miestä nurin. Katselijoita, ukkoja ja akkoja, kerääntyy nopeasti. "Toi punatukkainen vartija on taas rakastelemassa", virnuilee yksi katsojista. Tällä miehellä on leveä suu. Hänestä tulee mieleen sammakko. Vartijanainen vetää miestä takista. Hän saa painetuksi miehen maahan kyljelleen. Nainen käskee miestä: "Kädet selän taa!" Leveäsuinen mies kääntyy ja sanoo meille katselijoille: "Tämä tyttö rakastaa väkivaltaa. Ei ole ensimmäinen kerta." Ukot ja akat hörähtävät. Minusta tuntuu, että me kaikki nautimme ja haluamme nähdä lisää. Vartija vääntää vanhan miehen käsiä selän taa. Mies vastustelee. Vartija painaa polvella vanhan miehen niskaa ja päätä. Hän lyö nyrkillä miestä mahaan ja komentaa: "Kädet selän taa!" Tappelu jatkuu. Äkkiä vartija huutaa: "Älä koske minuun!" Miehen ääni kuuluu polven alta: "En minä koske." Vartija sanoo ankarasti: "Älä ota minusta kiinni!" Hetken on hiljaista. Sitten mies kysyy: "Mitä sä haluut musta? Mitä sä haluut?" Veri noruu miehen päästä ja värjää torin päällyskiven. Vartijan polvi painaa miehen päätä. Toinen polvi osoittaa sivulle. Vartijan selkä nousee suorana kuin betonipilari. Vartijanainen näyttää siltä, että on saanut sen mitä on hakenut. "Älä paina mun päätä!" mies valittaa polven alla. Leveäsuinen mies astuu lähemmäksi ja sanoo: "Sehän on nyt ihan rauhallinen. Päästä se ylös." Vartija ojentaa kätensä, jossa on musta hansikas. Hän työntää leveäsuisen miehen kauemmas. Vartija käskee: "Älä tule minun lähelle!" Sitten vartijanaisen käsi käy vyöllä. Vyössä riippuu pitkä pamppu. Leveäsuinen mies vetäytyy askeleen ja tuhahtaa: "Miesvartijat eivät tuolla tavalla pitele ihmisiä!" "Eihän siinä ole mitään pitelemistä", tuumaa joku ringistä, ja jatkaa: "Kun se on jo kuollut!" Vartija ottaa vyöltään radiopuhelimen. Hän sanoo siihen muutaman sanan. "Vanha haava on auennut", vartija sanoo sitten meille katselijoille. Odotellaan poliisia. Kaikki ovat nyt hiljaa. Ajatukset alkavat taas palata viikonlopun viettoon. Pian hälytysääni alkaa kuulua. Ououou! Veri kuivuu tummanpunaisena läikkänä torin nupukivellä. Metroaseman ovesta ei pääse sisään, koska vartija on kaatanut miehen poikittain oven eteen. Mies ei enää liiku vartijan alla.

Muistan lapsuudestani veljeni joululahjaksi saaman poikakirjan, jonka kaikkiruokaisena poikatyttönä luin moneen kertaan. Sen nimi oli *Arpinaama ja punapää*. Siinäkin tapeltiin, mutta kun yhteinen vaara uhkasi, sovittiin ja oltiin kavereita. Hakaniemen arpinaama ja punapää ovat nyt hiljaa. On aikaa miettiä. Mistä tämä tapahtuma merkitsee? Saako humalaista lyödä? Saako vanhaa ihmistä lyödä? Saako sairasta lyödä? Onko ihmisillä sama arvo? Onko jokaisen elämä yhtä tärkeä? Nämä ovat ilmeisiä ajatuksia ja kysymyksiä, jotka tulevat kaikkien tavallisten ihmisten mieleen. Poliisiauton hälytysääni kuuluu jo läheltä. Lähden kävelemään tien yli ja kohti toista metron sisäänkäyntiä. Tiedän, että kohta vanha mies nostetaan poliisiauton kyytiin. En halua nähdä sitä. Ymmärrän nyt tapahtuneesta enemmän, kun en enää näe vartijaa miehen päällä. Punatukkaisen naisen rakkaus on erilaista, se on erilaista kuin on minun rakkauteni. Nainen haluaa satuttaa ja alistaa, minä en ole sellaisesta välittänyt. En alistamisesta enkä satuttamisesta. Enkä siitä että minua kohdeltaisiin kovakouraisesti, lujasti saa pitää kiinni ja puristaa, mutta ei niin, että satuttaa liikaa. Minun rakkauteni on punaista lämpöä. Se on ihon kosketusta, se on hellää silittämistä, se on kaiken muun unohtamista ja olemista tässä ja nyt oman rakkaan kanssa, ja jos silityksen jälkeen läimäisee kämmenellä pakaralle, niin siinä ei ole mitään kummallista.

Korvamato on poissa, musiikki ei soi päässäni. Jostain tulee mieleen ajatus, että voisimme mieheni kanssa saunan jälkeen tanssia kiihkeää tangoa... ennen kuin alamme painia. Tänään minä vien.

ASTALO

1. Ne esittävät olevansa kirjallisuuden asialla asettamalla kirjailijoille rajoituksia.
2. Ne esittävät olevansa kirjallisuuden asialla ymmärtämättä, mitä kirjallisuuden kieli on.
3. Ne esittivät olevansa kirjallisuuden asialla tietämättä, miten kirjailija käyttää työvälinettään.
4. Ne esittävät olevansa kirjallisuuden asialla oivaltamatta, miksi kirjailija huoltaa ja vaalii asettaan.
5. Kirjailija rakastaa, pelkää ja kunnioittaa ainoaa astaloaan.
6. Kirjailija käyttää tarkoituksenmukaisimmalla tavallaan kieltään, jäljittelemättä, jäljittelemättömästi.
7. Lukijan tehtävänä on raivata tiensä sanojen taa, lauseiden tuolle puolen, yli virkkeiden, ympäri kappaleiden, kohti suurempia merki-

tyksiä, kohti lukujen mittaisia ymmärryskenttiä, kohti teoksen laajuisia tulkintoja, ja kaiken päätteeksi kohti tuotannon puhuttelevuutta.

8. En kerro enää yksinkertaisen kielen keskuksesta – sillä ja sen edustajilla on sentään aitoa yritystä ymmärtää kieltä, vaikka se tapahtuukin normatiivisten ihanteiden ja perusteettomien olettamusten suodattamana.

9. Ei, kiinnostukseni kohteena on nyt vapaasti muodostettu kirjallisuuden kielen yhteisö.

10. Kiinnostuksen kohteenani on löyhästi kirjallisuuden ystäviksi itsensä nimittämä himolukijoiden vertaisverkosto.

11. Parinkymmenen tuhannen kirjallisuuden ystävän ryhmä heijastelee kiusallisen usein kovin alkukantaisia käsityksiä kirjallisuuden kielestä.

12. Ja se tekee sen tavalla, jota en voi ohittaa pelkästään lopettamalla niin sanotusti opuksen lukemisen, sulkemalla kirjan sivut, kääntämällä kannet kiinni.

13. Esimerkki. Nettiryhmässä paheksutaan joukkovoimalla kirjailijoita, jotka käyttävät ihmisestä se-pronominia.

14. ”Suomen opettaja iskosti mieleen, että ihminen on hän ja eläin on se.”

15. Kansakoulun ensimmäiset vuodet ovat nä-

emmä valmentaneet ne kaikkien alojen asiantuntijoiksi – ainakin jos ne ovat pätevöityneet samalla logiikalla muissakin osaamista vaativissa taidoissa kuin lukemisessa ja kirjoittamisessa.

16. Muunneltavat muuttaen. Kuvanveistäjät saanevat kuulla vääränlaisesta taltan käytöstä, minkä perusteeksi riittää arvostelijan oma kokemus kukkakepin sahaamisesta laudanpätkästä.

17. Triangelin soitto kevätjuhlassa avaa kriitikolle portit sinfoniaorkesterin virheiden osoittamiseen.

18. Ympyrän piirtämisen oppiminen siivittää tien maalaus- ja piirustustaiteen muotokielestä soikiot poissulkevaksi arvostelijaksi.

19. Kuperkeikka voimistelusalin kivikovalla matrassilla antaa pohjan vuosikymmenien mittaiseen uraan kansainvälisenä taitovoimistelutuomarina.

20. Kyse on näkökulmasta.

21. Kyse on kokevan henkilön mieleen eläytymisestä suhteessa toiseen ihmiseen.

22. Kirjoita se-sanan tilalle hän-sana ja olet toisessa tarinassa.

23. Kirjoita: "Hän odotti, että se tulisi."

24. Kirjoita: "Hän odotti, että hän tulisi."

25. Huomaat, että tulija vaihtuu.

26. Tämä ei ole alkeiskielioppia. Tämä on kirjallisuuden kieltä.
27. Toinen esimerkki. Vaatimus "kirjailijan pysymisestä tyylilleen uskollisena" on perusteeton.
28. Kirjallisuuden merkityksellisyys muodostuu päinvastoin tyylin vaihtelusta.
29. Kirjailija vaihtelee, muuntelee, uudistaa tyyliään tilanteen mukaan.
30. Klisee kirjailijan "omasta äänestä" merkityksessä "tunnistettava tyyli" vahingoittaa kirjailijan kehittymistä, jos siitä tulee kielen kahle, tyylin vankila.
31. Kirjailija on johdonmukainen kun luo kuhunkin teokseensa kertojan tai kertojat tyylivaihteluineen.
32. En ota nyt lukuun itseään toistavia kirjasarjakirjailijoita, joiden olemassaolo perustuu jatkettuun rikokseen.
33. Kieli on kirjailijan astalo, ironia sen terä.

APPLIKAATIO

NE HYLKÄSIVÄT PITKÄÄN TYÖSTÄMÄNI SOVELLUSEHDOTUKSEN vähän ennen kuin irtisanoivat minut, ja kun puolen vuoden irtisanomisaika ilman työvelvoitetta oli kulunut, ne myivät samasta aiheesta applikaation liitolle, jonka kanssa ne olivat verkostoituneet avullani – olin aiemmin ollut kolme kuukautta toimivapaalla ja työskennellyt sen ajan liiton leivissä, ja jo tuona aikana liitossa oli käynyt vakituisen työnantajani projektipäällikkö neuvottelemassa yhteistyöstä ja myyntipäällikkö kertomassa sovellusten markkinoinnista.

Applikaation tarkoituksena oli löytää ja arvioida alkavan muistisairauden oireita ja tarjota löydöksiin sopivia harjoitteita, joiden avulla pyrittäisiin parantamaan muistitoimintoja. Helppoa kuin mikä, olin ajatellut ensiluonnosta tehdessäni, olinhan vuosikausia opettanut elämäntarinoiden ja muistelmien kirjoittamista – tekemästäni opaskirjasta kopioisin keskeiset otsikot ja muutaman luettelon ja täydentäisin aukot. Se riittäisi.

Mutta se ei riittänyt. Kaikki oli työläämpää kuin osasin kuvitella. Tilannetta ei helpottanut, että potkut uhkasivat, tuotannollis-taloudellisista syistä, mukamas, vaikka oikeasti henkilönä minusta haluttiin eroon. Olin tuottamaton, koska minusta tehtiin tuottamaton. Lähes kaikki toimintani ajettiin alas, jäljelle jäi vain tämä ideoimani ja kuumeisesti kehittelemäni sovellus, joka vastoin kaikkia järkisyitä sitten hyllytettiin, niin että sekään ei enää ollut esteenä irtisanomiselleni. Mutta selkäni takana hylkyni otettiin hyllyltä tuotantotiimin täydennettäväksi, siihen näemmä kaikitenkin uskottiin, koska se oli kohta olennainen osa liiton uutta hanketta. Tietenkin ne olivat muunnelleet sitä sen verran, että pystyivät myymään sitä omana tuotteenaan, mutta tunnistin jälkeläiseni jo pelkän liiton hankekuvauksen perusteella.

Röyhkeydellään ne kierosti pakottivat minut jatkamaan työni täydentämistä ja viimeistelyä, jotta voisin tuoda markkinoille alkuperäisen applikaation – yhteistyössä kilpailevan yrityksen kanssa – ja lyödä laudalta tuotevarkauden ja -väärennöksen, mutta aikeistani huolimatta päädyin tekemään aivan muuta, kirjoittamaan ennen kirjoittamatonta, unohtamaan mitä olin aikonut ja muistamaan mitä olin unohtanut, eikä uuvuttavan työni tuloksena ainakaan ensivaiheessa ollut lopullista sisältökäsikirjoitusta applikaatioon vaan omaa elämääni laajasti – aihepiirien osalta – kuvaava kirja, vaikkakin suppea tekstimäärältään. Sain apurahoitusta nimenomaan kirjaa varten, joten se oli pakollinen välivaihe ennen lopputuotetta, muistamisen apuvälineapplikaatiota.

Vaikka käsikirjoitus on tällä hetkellä enemmän rakenneratkaisujen koelaboratorio kuin asiantunteva muistin toimintoihin liittyvä harjoituspaketti, vaikka tämä on enemmän sisällön ideoimisen simulaattori kuin totuudellinen tietovarasto, vaikka kehkeytymässä on kaikkea muuta kuin luotettava applikaatio, niin yhden asian olen hionut teräväksi kärjeksi: teokseni tarkoituksen.

Haluan muistuttaa, että muistamattomuus ei ole tietämättömyyttä, eikä se ole tietämättömyyttä etenkään silloin, kun muistamattomuudesta nousee kysymyksiä, jotka johtavat pohdintaan – spekulaatioon, arvailuun, kuvitteluun – ja sitä kautta vastauksen etsintään, oikean tiedon hankintaan, totuuden valkenemiseen ja varmistamiseen.

 on monia muistoja noussut mieleeni. Yllättävä on sellainen muisto, että iltalukiossa opiskellessani halusin tietää kaikesta kaiken. Minua kiehtoi "aineiden" eli oppialojen liittyminen toisiinsa, etenkin ajattelen matematiikan, fysiikan, kemian, biologian, psykologian muodostamaa joukkoa, jonka voi nähdä kokonaisuutena Ludwig Wittgensteinin perheyhtäläisyyden käsitteen avulla... ja kun jatkaa liityntäkohtien etsintää psykologiasta katsoen, niin ilmeiset linkit johtavat uskontoon, historiaan, latinaan, äidinkieleen ja kirjallisuuteen, kuvataiteeseen, musiikkiin, teatteriin... Samasta maailmasta näiden kaikkien kysymykset ja ilmiöt nousevat, samasta maailmasta ne kertovat. Muistan biologian opettajan puhuneen luonnontieteiden yhtenäisteoriasta ja piirtäneen liitutaululle kuviota, jossa oli eri ilmiötason terminologiaa, niin että atomeista ja molekyyleistä siirryttiin solun ja sen osien kautta eläviin organismeihin, ja niistähän voisi jatkaa eliöiden vaistotoimintaan, käyttäytymiseen ja sosiaaliseen järjestäytymiseen. Kaipasin kaiken teoriaa. Jonkinlaista ajattelun rakennuspuuta sain lukemalla muutama vuotta myöhemmin ilmestyneen Pekka Kuusen teoksen *Tämä ihmisen maailma*, jossa hän yritti yhdistää biologiaa ja sosiologiaa kertoessaan ihmisen evoluution tarinaa. Pekka Kuusi oli kirjoittanut keskustelua herättäneen teoksensa ennen eläköitymistään Alkon pääjohtajan paikalta, ja muistan elävästi kuinka ihmettelin ja samalla arvostin sitä, että kirjailijalla oli niin hyvät ja turvatut työskentelyolosuhteet. Hän kiitteli esipuheessa sihteeriään tai Alkon informaatikkoa suuresta avusta – miten voin muistaa tällaista kolmenkymmenenviiden vuoden kuluttua? Pekka Kuusi oli tyylivirtuoosi Matti Kuusen nuorempi veli – Matti Kuusen ohutta kirjasta *Miten opin kirjoittamaan paremmin* luin kyllästymättä. Ulkomuistiin on tallentunut tämä: "Kaikki eivät voi oppia kirjoittamaan hyvin, mutta jokainen voi oppia kirjoittamaan paremmin."

Näitä muistellessani silmäni alkoi hakea kirjahyllystä opusta, jonka luin viitisen vuotta sitten, Esko Valtaojan innoittavaa *Kaiken käsikirjaa*. Sen lukeminen oli tiedollisesti ja älyllisesti eheyttävä ja vahvistava kokemus. Ehkä tämä käsillä oleva kirja on oma kaiken käsikirjani, mutta minulle tyypilliseen tapaan fragmentaarinen, parhaimmillaan anekdoottinen ja huonoimmillaan lapidaarinen, kuten Jyrki Nummi nimitti erään analyysini niukkaa tyyliä.

Jos haluan edelleen tarjota niukkuutta, nyt on viimeinen hetki tarttua astaloon ja hakata kielen ylimääräinen painolasti pois, niin että tästä kirjasta tulee keskitetty, rajattu ja sisäistetty merkityskokonaisuus, mitä ikinä se tarkoittaakaan, onkohan taustalla matsonilainen ajattelu, jonka harmikseni otin todesta nuorena kirjailijana uraa aloitellessani.

Romaanitaide on hyllyssäni. Mikä Alex Matsonin teksteistä kootun kirjan nimi oli? *Muistiinpanoja*. Tuolla se on jossain kirjahyllyissäni tai kellarissa, johon tilanpuutteen vuoksi jouduin viemään kolmekymmentä laatikollista kirjoja ja arkistoa. Muistan kuinka Alex Matsonin tavoin ajattelin kirjallisia teoksia loisteliaina, loppuun asti harkittuina arkkitehtonisina taideluomina, joista ei tiilen tiiltä eikä lauseen lausetta voinut ottaa pois merkitysrakennelman sortumatta.

Aivan kuin teos olisi olemassa ennen tekemistä jonkinlaisena eteerisenä taideolentona, jonka taiteilija eli kirjailija sitten paljastaa. Mitä roskaa!

Eilen maaliskuun viimeisenä päivänä päätin, että vain kuukausi enää, ei enempää, saa kulua tämän kirjoitusperiodin kanssa. Kuusi kuukautta jo olen käyttänyt neljään apurahoitettuun käsikirjoitukseen, ensinnäkin järjestötyötä ruotivaan pienoisromaaniin, jonka olen jo julkaissut, toiseksi ja kolmanneksi eroottisen novellikokoelman selko- ja kaunoversion yhdistelmään, jonka julkaisen parin viikon sisällä, sekä neljänneksi tähän muistamista käsittelevään kirjaan, josta piti tulla tietokirja ja puuhakirja, lukijan kirjoittamalla täydentämä antamieni ohjeiden ja kysymysten avittamana. Ajattelin eilen, että päätöstä kirjoitustyön ajallisesta takarajasta ei voi venyttää yön yli, ei edes keskiyön yli, sillä seuraava päivä – tänään – olisi aprillipäivä, mikä vesittäisi ja tekisi naurettavaksi kaikenlaiset päätökseni.

Lokakuun alusta asti, puoli vuotta, olen työskennellyt kolmen kirjan tekemiseen myönnetyillä apurahoilla, joista koostui yhteensä yksitoistatuhatta euroa, ja jo aiemmin syyskuussa käytin tuhannen kahdensadan euron matka-apurahan USA:n matkalla. Nyt apurahat ja niitä täydentäneet veronpalautukset alkavat olla vähissä, lisäksi korttiluottoni käytetty, koska apurahoilla lyhensin luottoa ja kevään mittaan olen taas kasvattanut velkaani siirtämällä rahaa korttiluotolta vuokranmaksuun ja ruokamenoihin, elinkustannuksiin, joihin apurahat on tarkoitettukin. Agraarisella runon kielellä ilmaistuna siemenperunat porisevat kattilassa ja siemenvilja on leivottu petulla jatkettuna reikäleiviksi. Yksi syy rahan hupenemiseen on se, että olen myynyt kirjojani alle hankintahinnan. Yksi ostaja sanoi, että minulle pitäisi opettaa taloustiedettä. Komppasin häntä tokaisemalla, että hullu saa olla, muttei tyhmä. Yltäisinpä tuohon.

Neljää erillistä kirjaa ei oikein olisi viisasta tehdä, koska kaikki käsikirjoitukseni ovat suppeita. Niistä tulisi sadan sivun kirjasia. Miksi en painattaisi niitä samoissa kansissa?

Se olisi oikeansuuntainen manifesti, joka kyseenalaistaisi kirjallisuuden karsinointeja fiktioon ja faktaan, kaunoon ja tietoon, lyyriseen ja asialliseen, dramaattiseen ja depressiiviseen, pastissiin ja parodiaan, haarukkaan ja veitseen, naiskirjallisuuteen ja mieskirjallisuuteen. Olen puhunut siitä tunteesta, jonka koen kirjailijaliiton tilaisuuksissa, joissa sanalla kirjailija tarkoitetaan vain kaunokirjailijoita, eikä muulla tuotannolla ole väliä, ja toisaalta tietokirjailijoiden tilaisuuksissa, joissa olen edelleen kirjailija, ja äsken niin tärkeä kaunokirjallinen tuotanto on merkityksetöntä. Pitääkö minut halkaista Italo Calvinon varakreivin lailla ollakseni aina oikea puolisko kirjailijajärjestöjen kanssa asioidessani?

Mutta julkaisen silti kirjat erillisinä, koska en löydä niistä riittävää merkityksellistä yhteistä teemaa. Ainoastaan eroottiset kertomukset laitan yksiin kansiin, koska selkoversio jää julkaisematta selkokirjana.

Yritin sepittää yhteiseksi teemaksi kieltä, kirjailijan kieltä, ajatusta että kieli on kirjailijan työväline, joka yhdistää kaikki kirjailijat. Tällainen on kuitenkin liian yleistä ja itsestään selvää, ajatusta pitäisi terävöittää. Yritin sitäkin muotoilemalla kuvaa kielestä astalona. Kieli on kirjailijan astalo – ja tuon perään voi valita näkemyksensä mukaisesti vaikkapa: tietämättömyyttä ja suvaitsemattomuutta vastaan. Lisää kärjistystä: Kieli riisuu, paljastaa, vavahduttaa. Kielellään kirjailija ravistaa lukijaa ja irrottaa tämän luutuneet päähänpinttymät, niin että uusien asentojen ottaminen merkitysten nyrkkeilykehässä on mahdollista.

Tuollaisen kuvan jälkeen on noloa jatkaa. En keksi merkitysten nyrkkeilykehää ylittävää sanasutkausta, näen siinä merkityksillä ladattuja sanoja mätkimässä toisiaan, joskus ohilyönti osuu kehätuomariin ja joskus nyrkki sujahtaa köysien läpi liian lähelle pärstänsä tunkeneeseen katsojaan, jolta hetkeksi hämärtyy taju, ja sitten lähtee viimeinen isku ja eläimellinen huuto katkeaa ja nyrkkeilyhallin valokeilan tupakansavuun jää leijumaan savuketta polttavan naisen kiihkeä lause: "Tapa se!"

Suunnitelmieni kaaoksen keskellä etsin yhä punaista lankaa antamalla kirjan osille omat nimikkokirjailijat, joiden tyyliin kirjoittaisin osan tekstistä ikään kuin pastissiksi: Franz Kafka ja Elämä (*Livet / The Life of Liars*), Jorge Luis Borges ja Maamme (*Vårt land som finns i minnet som icke är / The Final Station of Mental Disorder)*, Daniil Harms ja Maailma *(Världet som har redan dött / The World of False Words)*, Italo Calvino ja Kaikkeus *(Allting som vi skulle ha om vi vore lustigare / Whole Lot of Shaking Going On)*.

Tämä saattaa olla pitkästyneen, aiheestaan eksyneen kirjailijan sijaistoimintaa, rakennella omituisia tukikehikkoja, jotka myöhemmin joutuu purkamaan valmiin käsikirjoituksen fasadia rumentamasta.

ELÄMÄ ON MUODONMUUTOKSIA, UMPIKUJIA JA JONOTUSTA. Seisomista muurin varjossa, suljetun rautaportin edessä, sen avautumista toivoen. Ovenvartijan tarkkailemista tämän tarkkaillessa jonottajia. Nyt tiedän: tämä tapahtuu yhä uudelleen valtakunnan kaukaisimmassa kolkassa edellisen keisarin, kaksi vuotta sitten kuolleen, eläessään lähettämää viestiä odotellessa – tieto viestin saapumisesta on tullut perille nopeammin kuin itse viesti, joka lukemattomin syin on viipynyt matkallaan salaisella reitillä määrittelemättömän ajan. Varmuus viestin saapumisesta pitää odottajat valppaina. Tämän kaltainen kuvasto havainnollistaa kokemusmaailmaani ja elämääni à la Kafka. Franz Kafka, tärkeä kirjallinen vaikuttajani, eli vuosina 1883–1924.

Käsittelyssä on kenen tahansa elämään, tavalliseen elämään, kuuluvia asioita, kuten asunnot, harrastukset, intohimot, isä, kehittyminen, kirjallisuus, koulu, lomat, matkat, musiikki, muutos, osoitteet, perhe, puhelinnumerot, sisaret, ihmissuhteet, suku, syntymäpäivät, taide, työt, vaikutus, vanhemmat, äiti. Puhun jostakin, joka ei ole tässä, läsnä, aivan kuin se olisi käsillä, niin kuin taikuri loihtii sormistaan ennen näkymätöntä, nappaa ilmasta sellaista mitä ilmassa ei voi olla, minä puhun ja kirjoitan ja luon puheellani ja kirjoituksellani illuusion, että tiedän, että muistan, vaikka harvaksi on hiutunut mieleni kudelma jo.

Ja tämä on sen seitsemän sortin tiedon koto, jonka muistamisen vaiheita ja mahdollisuuksia tässä nyt käyn kertoilemaan. Välillä tuntuu siltä, että olen palannut koulunpenkille historian, maantiedon, matematiikan tai äidinkielen tunnille. Tunne ei ole hakoteillä, pikemminkin se on oikeutettu muutamastakin syystä. Tekeillä oleva kirjani, anteliaasti apurahoitettu ja siksi kirjoitettava, velvollisuuden tunteesta ja kunnian tähden, niin tuo kirja nimittäin sisältää paitsi tämän hetken pähkäilyjä ja tuumailuja, muistoja ja kuvitelmia, myös kouluvuosilta kiusaamaan jääneitä aiheita, sanoja, käsitteitä, erisnimiä Amadeuksesta Öölantiin, kummallisia otsikoita, mieltä vaivaavia kysymyksiä, asioita jotka olen jollain lailla tiennyt, mutta unohtanut. Ja haluaisin ne taas muistaa, allatiivi, elatiivi, ablatiivi. Olen nyt kirjoittamassa niistä ja jos kirjoitan kirjaan esipuheen, esitän siinä hurskaan toiveen, että myös lukija kirjoittaisi vastaavista unohtumaan pyrkivistä aiheista. Toivon, ehdotan, pyydän – miksi? Siksi, että uskon tämän tilanteen olevan tuttu muillekin kuin minulle: tiedät, mutta et muista. Oletukseni kirjassa ja laajemminkin opetustoiminnassani on, että kirjoittamalla itse, vieläpä pännällä paperille, asiat jäävät paremmin mieleen ja niitä on helpompi palauttaa muistiin joskus myöhemmin. *An auf hinter in, neben über unter vor zwichen*. Olen ollut havaitsevinani, että puhelimesta, tablettitietokoneesta, läppäristä tai pöytäkoneen ruudulta nopeasti selattu myös unohtuu nopeasti. Parhaimmillaan jää epämääräinen olo, että jostain luin tai jossain näin, oliko se Hesarissa, Facebookissa vai YouTubessa... No siinä oli kuitenkin jotain tähän liittyvää... Mutta jos kirjoittaa kynällä ja sitten lukee kirjoittamansa, niin muistaa paljon paremmin.

Onko tämä pelkkää nostalgiaa, kaipuuta aikaan ennen mukana kulkevaa ulkoista älyä ja muistia? Romantisoinko aikaisempien elämänvaiheideni muistiinpanemista ja muistiin palauttamista? Yliarvostanko vanhentuneina käytöstä pois jätettyjen muistamismenetelmien tehokkuutta?

Vastaan ei – täysin; vastaan kyllä – osittain.

Opiskellessani Helsingin yliopistossa opin jotain myös oppimisesta. Tavanomainen luentokurssin suoritustapa oli loppukoe, jossa ulkomuistista kirjoittelin enemmän tai vähemmän soopaa, jos en sattunut muistamaan kysyttyä asiaa. Parhaiten kurssin aihepiiri jäi mieleen silloin, kun kurssin sai suorittaa esseellä – kotona luonnostella kynällä ja sitten naput-

taa tekstiksi, puhtaaksi, kuten sanottiin, sähkökirjoi-
tuskoneella, jossa oli muutaman rivin muisti korjauk-
sia varten, muistiinpanot, luonnokset ja lähdeteok-
set siinä ympärillä kirjoituspöydällä. Umberto Eco on
kuvannut tätä tilannetta, sitä, kuinka *Ruusun nimeä*
kirjoittaessaan hän ammensi pöydällä näkyvillä ole-
vista lähteistä, kirjoista ja artikkeleista, ja ajatukset
suodattuivat hänen omaksi tekstikseen, niin ettei
enää erottanut, mikä yksityiskohta tuli mistäkin läh-
teestä – tämä siis koski romaanin kirjoittamista, jossa
lähdeviitoitusta ei ole toisin kuin tietokirjassa tai ai-
nakin tieteellisessä tekstissä. Tällaisia esseen kirjoit-
tamisen suoritustapoja tarjosivat Jaakko Hintikka ja
Antti Hautamäki teoreettisen filosofian opiskelussa.
Yleisen kirjallisuustieteen puolella vastaava vaikutus
ja kokemus tulivat praktikumeissa, kirjallisuuden
analyysiin paneutuvilla kursseilla, joiden viikoittai-
seen istuntoon valmistauduimme lukemalla ja analy-
soimalla kirjallisesti romaanin. Muistan Jyrkin Num-
men praktikumin, jossa sisäistin narratologiaa en-
tistä syvemmin, liki lopulliseksi totuudeksi asti, Jaana
Anttilan italialaista kirjallisuutta käsittelevän prakti-
kumin, jonka suoritin rimaa hipoen (*Ruusun nimen*
analyysini käsitteli pelkästään romaanin sisällysluet-
teloa), ja kotimaisessa kirjallisuudessa Maria-Liisa
Nevalan naisnäkökulmaa tutkivan kurssin, jonka suo-
ritin ainoana miehenä – analyysini kohteena oli Ve-
ronica Pimenoffin romaani *Loistava Helena*. Turhaan

ei tutkinnon suorittamiseen kuulu kirjallista lopputyötä, gradua, tutkielmaa, lisensiaatintyötä tai väitöskirjaa. Jos sen tekemisestä ei suoriudu, ei ole kelpo akateemiseksi. Kirjallinen lopputyö pakottaa opiskelijan palauttamaan mieleen oppimaansa, se pakottaa etsimään uutta tietoa, se pakottaa soveltamaan ja päättelemään, siis jalostamaan vanhaa ja uutta tietoa parhaimmillaan omaperäiseksi näkemykseksi, huonoimmillaankin edes kyvyksi referoida lähdekirjallisuutta ja poimia sattuvia sitaatteja.

Tämä riittäköön, tällä erää, metodistani, sanon kuin Aristoteles, tämä riittäköön nyt kirjoittamisesta hyväksi havaittuna, käytössä koeteltuna menetelmänä muistamisen vahvistamiseksi. Siirryn sisältökysymyksiin, joita käsittelen vaihtelevalla tarkkuudella, joskus haparoiden, aavistellen, kysellen, niin omaa kuin lukijankin muistia viritellen, joskus taas tarkkoja tietoja jaellen tai tarinoita kertoen. Lukija varautukoon nopeisiin, äkillisiin, jopa odottamattomiin siirtymiin aiheesta toiseen. Tämän voi ajatella kumpuavan käsikirjoituksen aikaisemmista vaiheista, jolloin kirjan oli tarkoitus rakentua yksittäisen aiheen alustuksesta ja sitä seuraavista kysymyksistä, joiden vastaamiseen olin jättänyt sivuille tyhjää tilaa. Kokonaisvaikutelma ei kuitenkaan tyydyttänyt minua, se oli liian sirpalemaista, joten aloin muokata ja kirjoittaa sisältöä kertovan proosan suuntaan. Samalla, näin olen tulkitsevinani, teos alkoi kokea muodonmuutosta tietokirjasta kaunokirjaksi, vaikkakaan ei faktasta fiktioksi kuin vain osittain.

Lapsuudessani olimme muistini mukaan paljon tekemisissä suvun kanssa. Nuoruudessa ja aikuisuudessa on sitten ollut kausia, jolloin en ole paljoakaan nähnyt sukulaisiani. On pitänyt keskittyä omiin ja oman perheen asioihin, tarkkaan ottaen omien perheiden asioihin.

Vanhemmiten yhteydenpito on taas lisääntynyt. Jos ei muualla nähdä, niin syntymäpäivillä, häissä ja hautajaisissa.

Olen viime vuosina katsellut netissä erään äidin isän puoleisen sukulaisen tekemää sukupuuta. Siinä näen esivanhempiani 1700-luvulle asti. Sukututkimusta en ole itse tehnyt, vaikka olen kirjoittanut omaelämäkerrallisia teoksia. Ne ovat perustuneet muistiin, kuultuun ja mielikuvitukseen, eivät tutkimukseen.

Isoisäni mummosta en ole tiennyt mitään, vaikka hän eli vielä 1900-luvun alussa toistakymmentä vuotta isoisän syntymän jälkeen – äitini ei muista isänsä kertoneen mummostaan mitään.

Nyt tämä tanskalainen muusikko Nicoline Zedeler on esikuvana suunnittelemassani romaanissa *Sukupuuton tutkija*, jossa suuruudenhullusti aion kertoa 255 ihmisen elämästä kahdeksassa sukupolvessa. Nicoline oli naimisissa Victor Weurlanderin kanssa, joka piti Kuopiossa kirjakauppaa talossa, johon toinen Victor, Victor Barsokevitch muutti myöhemmin,

luullakseni 1887, vaimonsa Adèlen perustaman valo-
kuvaamon, jonka Barsolevitch siirsi nimiinsä ja rupesi
itse valokuvaajaksi, kun Adèle jäi kotiin lapsia hoita-
maan. Paikka oli Minna Canthin lankakauppaa vasta-
päätä Kuninkaankadun kulmassa. Näin olen hahmot-
tanut asiakirjoista ja artikkeleista, paikan päällä en
ole vielä käynyt. 59 vuoden iässä olen saanut tietää,
että valokuvaaja Victor Barsokevitch ja kirjailija
Minna Canth olivat mahdollisesti meidän Lauttasaa-
resta Kuopioon muuttaneen sukuhaaramme tuttuja.
Ajoituksia pitää vielä täsmentää. Victor Weurlande-
rin kirjakauppa oli mennyt konkurssin 1886, mutta
1887 oli perustettu Weurlander & Co. Mihin? Missä
Victor ja Nicoline asuivat 1887? Muuttivatko he jo
tuolloin Kuopiosta Keuruulle, jonne heidät on hau-
dattu?

Vanhempani ovat jo yli 80-vuotiaita, ja me kolme
poikaa kuudenkympin molemmin puolin. Lapsuuteni
ajoittuu 1950-luvun lopulle ja 60-luvulle, nuoruuteni
70-luvulle ja varhaisin aikuisuuteni 33-vuotiaaksi asti
80-luvulle.

On kirjoitettava ensimmäisiä muistoja. Muistoja
äidistä. Muistoja isästä. Muistoja veljistä.

Kansakoulu alkaa puukoulussa… ja jatkuu Sonni-
sen tiilimuseossa. Opettajina Hilkka Mohel ja Tage
Hendriksson, tarkistettava nimet ja kirjoitusasut.

"Ekaluokkalainen kävelee kuin nainen!"

Näin meille ekaluokkalaisille lälläteltiin, ja vuoden
kuluttua teimme saman uusille ekaluokkalaisille.

Oppikouluun. Viisi vuotta keskikoulua, ikävuosina 11–15. Pitkät, pitkät, pitkät vuodet. Murrosikäisenä poikakoulussa Kalliossa Torkkelinmäellä. Koulumatkalla pysähdyin katsomaan pornokauppojen ikkunoita, siihen aikaan somistus oli roisia, mikä tietysti vangitsi kasvavan pojan huomion. Pornokaupat olivat divareita, joten ruokatunnilla saatoimme käydä katsomassa ja selailemassa Jerry Cottoneita ja Korkeajännitys-sarjakuvalehtiä – ja siinä sivussa imimme itseemme annoksia seksuaalista virikettä

Kouluruokailu oli maksullista, ja enimmäkseen taisin syödä omia eväitä tai ostaa pullan tai puolikkaan ranskanleivän ja pullon sittistä lounaaksi. Aloitin kai valmistautumisen aikuisiän diabetekseen tuolla ruokavaliolla. Lapset nauttivat 1960–1970-lukujen taitteessa enemmän vapauksia kuin nykyään. Pornoa ei piiloteltu, kuten jo kerroin, mutta lisäksi saimme ostaa koulun vierestä Elannon myymälästä ykkösolutta ja vetää pienet kännin voimistelutunnilla kävellessämme Paavo Nurmen patsaalle ja takaisin. Saimme ostaa tupakkaa ja tuprutella puistossa välitunnilla. Saimme pelata rahapelejä, kuten 20-pennisillä jassoa ja bowlingia, jolla voitin monta tupakka-askia. Tietyn bowling-automaatin virityksen oppi tuntemaan, parhaiten näin kävi Rengon Tebskan kahvilassa.

17-vuotiaana lähdin lukiosta ensimmäisen vuoden jälkeen töihin oppimaan työelämän aivoituksia kahdeksi vuodeksi, sitten kauppaopistoon vuodeksi ja samaan aikaan iltalukioon neljäksi vuodeksi.

Korkeampi koulutus koitti yliopistossa kahden välivuoden jälkeen, kahdeksan vuotta kesti suorittaa ylempi korkeakoulututkinto, FM. Eikö tämä koulunkäynti koskaan lopu?

Ei. Seurasi jatko-opintoja, täydennyskoulutusta, työnantajan henkilöstökoulutusta.

Perheenä toimiminen, tässä tarkoitan ensisijaisesti lapsuuden perhettä. Liikuimme yhdessä paljon. Jos emme puuhailleet mökillä, samosimme metsiä Nuuksiossa, jossa marjastimme ja sienestimme. Joskus keräsimme sammalta metsistä ja kallioilta, mitään maanomistajan lupaa emme hankkineet.

Talvella hiihdimme koko perhe, ja muistan, että kerran oli isän sisko kanssamme hiihtämässä, ehkä Paloheinän tai Maunulan majalla.

Kävimme isän kanssa kulutustavaramessuilla vanhassa Messuhallissa ja katsomassa autokilpailun harjoituksia Keimolan radalla.

Suuri yhteinen ponnistus oli automatka Helsingistä Vaasaan, sieltä laivalla lahden yli Örnsköldsvikiin, Ruotsin läpi ajo alas ja Malmöstä lauttamatka Tanskan puolelle.

Äiti oli ollut sotalapsena Ruotsissa, isä Tanskassa.

Tanskassa ajoimme saaren läpi ja menimme lautalla tai siltaa pitkin toiselle saarelle vai oliko se jo mantereelle. Paluumatkamme reitti kulki Kööpenhaminan kautta, kävimme Tivolissa. Lautalla Helsingborgista Helsingöriin tai toisin päin tuijotin partaan yli meduusamassoja.

Tanskassa ja Etelä-Ruotsissa maisemat olivat erilaisia kuin Suomessa, oli toisenlainen puusto, oli toisen maan maisema ja oli toisen maan mielenmaisema, leppoisampi, vapaampi – läntisempi.

Etelä-Ruotsissa näimme suuren laudoista tehdyn hevosen. Paluumatkalla kävimme äidin Ruotsinvanhempien luona. Täytin sinä kesänä 15 vuotta ja tämä matka oli todella avartava. Se oli ensimmäinen ulkomaan matkani.

Tunnelma kotona oli turvaisa ja hyvä. Saimme leikkiä rauhassa, ja me pojat leikimme paljon. Minä keräsin muovieläimiä ja leikin niillä aina. Tein eläintarhan suurelle vanerilevylle, sängynpohja se taisi olla.

Pikkuautoilla leikin myös, yksi oli johtaja-auto, valkoinen maastoauto, ja muut autot ajoivat jonossa perässä.

Äiti hyräili. Äiti hyräilee vieläkin. Hyräily rauhoittaa niin häntä kuin meitä muitakin.

Asemani perheessä oli se mikä se voi olla keskimmäisellä kolmesta alle kolmen vuoden sisällä syntyneestä pojasta, diplomaattina, sovittelijana, kaverina sekä isoveljelle että pikkuveljelle.

Olenko koskaan oikeastaan ollut erossa lapsuuden perheestä – onko yhteys perheeseen aina säilynyt? Teenkö tässä lapsuuden perheestä ihannoitua kuvaa? Onko se minulle (p)yhä perheeni? Miten lapsuuden perhettä on muisteltu?

George Otsin laulussa pohditaan ihmisen muuttumista. Että muuttuuko ylipäätänsä? Ja jos muuttuu, niin mihin suuntaan muuttuu? Olen tähän törmännyt niin omassa elämässä kuin lähipiirissä. Joillakin sukulaisillani on kova kammo, pelko, vastustus – ei saa muuttua. Opiskelua vastustava nuori mies pelkää saavansa vaikutteita ja menettävänsä ainutlaatuisuutensa. Pah! Sitähän opiskelu juuri on! Muuttumista, kehittymistä.

Itse aloitin 19-vuotiaana ylimääräisenä tilapäisenä apulaispostimiehenä tietoisen itseni kehittämisen ja uusien tietojen ja taitojen hankkimisen. Urakka kesti 14 vuotta, mutta 33-vuotiaana olin ylioppilas huippuarvosanoin, filosofian maisteri taiteiden tutkimuksen koulutusohjelmasta, tehnyt toimittajan töitä ja debytoinut kirjailijana, kuvataiteilijana ja esiintyjänä.

Muuttuminen työläisestä monitaitoiseksi akateemiseksi kansalaiseksi vaati muutakin kuin tutkintojen muodollista suorittamista – kyse oli maailmankuvan, ihmiskäsityksen ja elämänkatsomuksen muotoutumisesta. Tapahtui elämäni suurin muutosprosessi.

Kokemustietoni valossa vastaan: Ihminen muuttuu – jos uskaltaa.

Kaikille tämä ei ole selvää. Olen joutunut tilanteisiin, joissa on ollut erimielistä sakkia väittelemässä ihmisen mahdollisuuksista kehittyä ja muuttua.

Minulle tulee mieleen muutama muutoksen mahdollisuuteen tai sen kieltämiseen liittyvä tapaus. Joskus 1980-luvun jälkimmäisellä puoliskolla menin ravintola Eliteen erään nuoren kirjailijan kanssa; olin tekemässä lehtijuttua hänestä. Elitessä istui tunnettu näyttelijä, joka oli erityisen tunnettu Suomen turhimpana näyttelijänä. Mies kertoi huolissaan, että hänen isänsä oli sairaalassa. Sairaalaan hän ei kuitenkaan saanut lähdetyksi. Omaa surkeuttaan kerratessaan hän kysyi tai pikemminkin väitti, että ihminen ei voi muuttua. Hän ei muuttuisi enää mihinkään suuntaan. Olin eri mieltä. Muistan puhuneeni innoittuneesti, mutta en muista, mitä tarkalleen ottaen sanoin. Sen muistan, että yks kaks näyttelijä huudahti: "Tää mieshän on nero!"

Ironiaa? Sellaisena en ylistystä silloin kokenut, nyt en olisi varma, mutta kiteytän silti: Kehittyminen ihmisenä voi olla niin näkyvää, että jopa muutoksen periaatteessa kieltävä sen tunnustaa.

On tarkennettava pohdintaa muutoksista esimerkiksi kysymyksillä, ovatko tarkastelussa rajut nopeat murroskohdat vai hitaat muutokset.

Onko taantuminen kehittymistä? Pysähtynyt kehitys: 40-vuotissynttäreillään veljeni sanoi, että on aina 15-vuotias. Siitä on jo yli 20 vuotta.

Kehityksen huippukohta?

Tukeeko työnantaja taantuvaa? Kysyin pomolta kehityskeskustelussa. Hän sanoi, että hyvä kysymys.

Mihin suuntaan olen nyt muuttumassa?

Oma perhe piti perustaa. Olen tehnyt sen kahdesti, oikeastaan kolmesti. On muistettava, missä ja miten tapasin puolisoni. On muistettava merkkipäivät, syntymä- ja nimipäivät. On muistettava kihlapäivät ja hääpäivät, kumpaakin on kolme, kun olen jälkimmäisen rouvan kanssa avioitunut kahdesti. On muistettava lapset, ketkä omia ja ketkä veljien. Kerran katsoin vanhempaa tytärtäni sukujuhlissa ja ajattelin, että tuo on kai joku veljieni tyttäristä.

Syntymäpäivät, ehdottomasti, näissä olen mokannut — esimerkiksi ilmoittanut vaimolle, että noteeraan tämän syntymäpäivän parin viikon kuluttua, kun työkiireet ovat hellittäneet.

Muistettava lastenlapsien nimet, edes ne, vaikka ei syntymäpäiviä muistaisi, ne voi kirjoittaa muistiin. Sitä vartenhan olen kirjaa tekemässä.

"Äiti", tyttäreni sanoi minulle joskus alle kymmenvuotiaana. Isä paneutuu niin lastenhoitoon, että lapsi sanoo äidiksi.

Syntymäpäiviä pitää merkitä muistiin muitakin, veljien ja niiden vaimojen, vaikka ne eivät kyllä meteliä pidä vuosien karttumisesta, mutta ainakin veljien lapset ja niiden lapsenlapset. Olen huonosti näitä muistanut. Siksi pidän hyvänä, että ne itse muistuttavat ja kutsuvat kahville. Vaikka ei ne enää aikuistuttuaan.

Jälkipolvi ansioituu, siitäkin voisi pitää kirjaa. Koulutuksia, tutkintoja ja ammatteja. Alkaa muistuttaa laitonta henkilörekisteriä.

Asuminen. Asuinpaikat. Muistanko osoitteet? Joskus muistin vanhoja lankapuhelinnumeroita. Syntymäkoti. Mitä siitä muistan?

Asumismuoto. Vuokra-asunto. Kerrostalo. Kellarihuoneisto. Opiskelija-asunto. Omakotitalo. Asumisoikeusasunto.

Naapurit. Jos kirjoitan naapureista, olen äkkiä kerrostalokyttääjä.

Harrastukset ja intohimot. Lapsuuden harrastuksia. Postimerkkeilyä vai jalkapalloilua? Tykkäsin sekä hiljaisesta nyhertämisestä että rajusta toiminnasta.

Sisällä vai ulkona? Sekä että.

Harrastuksen tuomat taidot. Niiden käyttäminen, soveltaminen muuhun. Olen päässyt konekirjoitustaidon ansiosta toimistotöihin, ensin 1980 siviilipalvelukseen Sörnäisten vankilan taloustoimistoon, sitten 1989 konekirjoittajaksi Helsingin yliopiston Historiallis-kielitieteellisen osaston kansliaan.

Intohimo. Harrastuksesta intohimo. Harrastuksesta ammatti. Sammunut intohimo.

Lomat ja matkat. Minne ensimmäinen matka suuntautui? Tutut lomakohteet. Työmatkat. Talvimatkailu. Kotimaan matkoja. Pitkällä matkalla. Kaukaisin kohde. Pitkiä lentoja, useita vaihtoja. Matkalaisen paras liikenneväline. Erikoisin kohde? Viimeinen matka.

Ihmissuhteet. Ihmisten ikävä. Suhteiden määrä ja laatu. Vuorovaikutus. Antavana. Saavana. Monenlaista ystävyyttä. Päättyneet ihmissuhteet. Pitkäaikaiset ihmissuhteet. Verkostot. Muuttuvat suhteet. Tutusta ystäväksi. Ystävästä rakkaaksi. Rakkaasta jätetyksi. Tai jättäjäksi.

Työpaikat. Kesätyöt koululaisena ja opiskelijana. Mikä oli ensimmäinen oman alan varsinainen työpaikka? Entä pitkäaikaisin työpaikka? Työkaverit. Työmatkat. Työpaikan juhlat. Pomot. Työvälineet. Viimeisin työpaikka. Vielä uusi työ?

Musiikki. Rock ja pop 1960-luvulla. Musiikki 1970-luvulla ja sen jälkeen. Meidän Jutta-bändimme 1970-luvun puolivälissä. Myöhemmin nelistään Star Ship Jutta.

Sparrasin netissä osana yhteisöä yhtä muusikkoa ja palkitsin hänet huomionosoituksella menestyksen palattua.

Kuvataide. Aloin seurata ja maalata 1980-luvun puolivälin jälkeen. Taidehankintoja. Paria avantgardetaiteilijaa tapasin silloin tällöin, ostin heidän teoksiaan ja kirjoitin heistä. Nyt olen seurannut vanhemman tyttäreni lapsuuden ystävän maalaamista. Kosketus kolmekymppisten todellisuuteen, tai kuvitelmiin..

Kaunokirjallisuudesta mieleenjohtumia. Minna Canthin *Kauppa-Lopo*, varas? Maria Jotunin dialogit, näkökulma? Toivo Pekkanen *Tehtaan varjossa*. Milloin isä palasi vankileiriltä? Vai oliko se siinä toisessa kirjassa, muistaakseni *Lapsuuteni*? Katsoiko Pentti Haanpää vinttikamarin ikkunasta, kun muut tekivät heinää?

Väinö Linnan haastajat? Hannu Salama ja Juhannustanssit. Paavo Rintala ja *Sissiluutantti*. Veijo Meri ja *Manillaköysi*.

Salaman romaanista *Minä, Olli ja Orvokki* muistan tyttöystävän tiuskaisun: Pittääkö se mulukku olla aina ulkona?

Eira Stenberg ja häikäisevä *Häikäisy*.

Annika Idströmin *Veljeni Sebastian* vertautuu Günter Grassin *Peltirumpuun*.

On kirjoitettava myös nuoremmasta kirjailijapolvesta, itselleni tärkeistä nykykirjailijoista, joiden kanssa olen ollut tekemisissä. Mutta ei tässä kirjassa. Voisin kirjoittaa opuksen, jonka nimi olisi jotakin sellaista kuin *Kollegojen interaktiossa*. Se voisi olla myös kuvitteellinen väitöskirja, jossa erittelisin a) muiden kirjailijoiden vaikutusta tuotantooni ja b) tuotantoni vaikutusta muihin kirjailijoihin.

Hmm, tämähän liittyy kirjoittajakoulutukseen sikäli, että kirjailija oppii taitonsa lukemalla ja kirjoittamalla, ei hän tarvitse muodollista kurssitusta tai koulutusta.

Vaikka olen tehnyt työurani kirjoittajakouluttajana, hyvin vähän olen itse osallistunut opiskelijana kirjoittajakoulutukseen kouluaikojen jälkeen. Muistan erittäin hyvin kuinka imin oppia itse asiasta, kaunokirjallisuudesta, jatkuvasti mielessä soi että ai noinkin voi kirjoittaa, ai näinkin voi romaanin rakentaa, kas tuolla tavalla voi jakaa tekstin teoksen sisällä kirjoihin, osiin, lukuihin, kappaleisiin – tai olla jakamatta.

Kirjallisena vaikuttajana olen ollut ainakin silloin, kun opiskelijani kansanopistosta, kesäyliopistosta, yliopistosta ja muista opinahjoista ovat julkaisseet kirjojaan. Nimiä tässä mainitsematta.

Leikittelen monilla ammatillisilla identiteeteilläni jutussa, jonka otsikko on ”Simulointia vai vatulointia?”. Kirjoitus on laadittu kirjeeksi työvoimaviranomaiselle. Kerron siinä potkuista yliopistosta, pohdin työn hakua ja työn luomista, arvioin mahdollisuuksiani eri ammateissa, kuten digisuunnittelijana, toimittajana, kustannusalalla, esseistinä, kirjailijakoulun vetäjänä, kirjailijana. Puhun simulaatiosta, johonkin ammattiin tekeytymisestä, niin että mielessään koetteleeetyön parhaiden ja pahimpien piirteiden koettelemisesta. Olla olevinaan vaikka kirjailija...

Nyt tulen siihen, että aina kun kerron olevani kirjailija, mielessä häivähtää tuntemus, että valehtelen, tai ehkä loivemmin kysymyksen muodossa: valehtelenko?

Kokonaan tämä tunne ei ole poistunut, vaikka olen reilussa viidessä vuodessa julkaissut parikymmentä kirjaa ja sitä ennen kymmenkunta muuta julkaisua.

Silti ei tunnu aidolta kirjailijalta – kuin aina vaan olisin tuossa kirjailijasimulaattorissa, kuin olisin tekemässä eleitä, jotka katsotaan kuuluvan kirjailijuuteen, kuin olisin esittämässä kirjailijan elämää ja alati pelkäämässä oikeiden vuorosanojen unohtumista, taka-alalla karmea aavistus, jos ei suorastaan tieto, että elämäni ja toimintani "kirjailijana" tapahtuu sivusta katsoen vailla kosketusta todelliseen kirjalliseen kenttään

Miksi näin?

Voiko syynä olla se, että syksystä 2011 alkaen olen, yhtä kirjaa paitsi, toteuttanut kirjani omakustanteisesti.

Eikö tunnetta helpota se, että moni kirjani on kuitenkin läpäissyt kustantajan seulan? Gaudeamus, Palmrnia-kustannus, Otava, BTJ ja BTJ/Avain, Parkinson-liitto – näiden kanssa olen tehnyt kustannussopimuksia.

Aloin tehdä omin voimin kirjoja, koska tunsin, että toimeliaita vuosia ei ollut määrättömästi edessä enkä halunnut käyttää niitä kustantajien hylkykirjeiden odotteluun. Olin sisäistänyt sen, että olin vailla yhtä omaa ja turvallista kustantajaa, ja monen muun tavoin jokainen käsikirjoitus oli myytävä erikseen kustantajille.

Kustantajahistoriani tilkkutäkkimäisyyden hinta oli se, ettei yksikään kustantajistani ollut sitoutunut edistämään kirjailijan uraani.

Samaan aikaan huomasin, että kustantajat eivät tarttuneet edes niihin ideoihin, joita minua oli pyydetty keksimään, puhumattakaan ideoista, joita keksin ja tarjosin pyytämättä.

Ideat eivät käyneet kaupaksi, valmiit käsikirjoitukset eivät nekään myyneet itseään.

En halunnut jättää tuotantoani pöytälaatikkoon. Siksi otin päämäräksi kirjojen kirjoittamisen ja julkaisemisen. Jätin vähemmälle tärkeydessä kirjojen markkinoinnin ja myymisen.

Seurauksena on ollut, että tekijänpalkkioita ei synny, mutta onneksi saan jonkin verran myyntipalkkioita, lainauskorvauksia ja apurahoja.

Kirjailijajärjestöjen jäsenyys auttaa selvästi apurahoituksen saamisessa, mutta ei siinä kaikki: jäsenyys tuo kollegiaalista yhteenkuulumisen tunnetta, lieventää pelkoja huijarikirjailijuudesta.

Juuri nyt minulla on vahva tunne, että olen päässyt eteenpäin kohtaamaan kirjailijan työn arjen sen kaikissa kirjoissaan: olen siirtynyt simulaattorista separaattoriin, jossa kirjailijan kokemuksellani erottelen ja valitsen sanastosta oikeat sanat oikeaan paikkaan, kuten Pekka Parkkinen aikoinaan luonnehti veljenpoikansa Samin kirjoittajanlaatua.

Romaanini *Hermes ihmisten tiellä* takakansitekstissä kerron seuraavaa: "On kyse identiteetin muutoksesta. Se mitä olin kymmenen vuotta rakentanut, oli vaihtumassa toiseksi. Kaksi elämänaluetta kamppaili minusta, ja toisen oli jäätävä taa. Hermes pystyi liikkumaan manalasta maanpäälle ja takasin, aivan kuin minä olin liikkunut kahdessa merkitsevässä todellisuudessa. Romaani käsittelee taiteen keinoin tätä murrosta."

Kirjoitin mielestäni romaania järjestötyöhön liittyvistä kokemuksistani. Mutta kuten usein tapahtuu, vasta kirjotettuani aloin ymmärtää, mitä olin kirjoittanut.

Ehdin jo julkaista kirjan joulukuussa 2016 nimellä *Tiellä*, mutta kun se tuli painosta ja luin sen, en ollut tyytyväinen.

Piti siis ottaa uusi kirjoituskierros ja syventää kokonaisuutta antiikin jumaltaruston hahmoilla, Ikaroksella ja Hermeksellä.

Annoin uudistetun version vielä luettavaksi kollegalle, jonka huomioiden jälkeen muokkasin romaanin tuossa sitaatissa tekemäni tulkinnan suuntaan.

Tätä voi sanoa *hermeneuttiseksi kehäksi*, jossa kirjoittamisen, lukemisen ja tulkitsemisen vuorottelu vie kohti suurempaa itseymmärrystä.

Romaanissa ei mainita Parkinsonin tautia vaan tämä etenevä sairaus, jolle ei tiedetä parannuskeinoa, on *kaunokirjallisesti etäännytetty* oireyhtymäksi nimeltä *?!*. Sen oireisto muistuttaa Parkinsonin tautia. Oireyhtymä voisi kuitenkin olla mikä tahansa muu parantumaton etenevä sairaus.

Romaanin kirjoittaminen ja uudelleenkirjoittaminen johdatti minut outojen ajatusten äärelle. Kymmenen vuotta olin rakentanut elämääni Parkinson-identiteetin mukaiseksi. Toimin aktiivisesti potilasjärjestöissä niin Suomessa kuin maailmalla. Annoin haastatteluja, että Parkinson on antanut elämälleni mielen ja juonen, tarinan.

Mutta nyt olin vähitellen jättänyt Parkinson-velvollisuuksiani ja alkanut rakentaa ja lujittaa toista, itselleni jo nuoruudesta tärkeää, kirjailijan identiteettiäni, joka oli jäänyt Parkinson-identiteettini varjoon

Olin julkaissut parissa vuodessa viitisentoista kirjaa. Olin nyt Suomen kirjailijaliiton jäsen, ennestään olin jo Suomen tietokirjailijoiden jäsen. Työskentelin apurahoituksella, jota olin saanut neljään eri kirjaan.

Elämäni ei siis näyttänytkään päättyvän Parkinson-potilaana, vaan Parkinsonin jälkeen oli vuorossa elämä kirjailijana!

Onko siis mahdollista, että Parkinsonin jälkeen on elämää?

Kysymys on kummallinen, koska olemme opetelleet kamalan hokeman, että kyseessä on etenevä aivojenrappeumatauti ja liikehäiriösairaus, johon ei tunneta ehkäisy- eikä parannuskeinoa. Tiedämme, että jos jotain Parkinsonin jälkeen seuraa, niin se on kuolema.

Kuitenkin olen ensin intuitiivisesti, vaistonvaraisesti, sitten yhä tietoisemmin alkanut ajatella, että elämää on Parkinsonin jälkeen. Enkä ole vain alkanut ajatella, vaan myös puhua siitä.

Ja nyt jo kirjoitan tuosta *paradoksista*.

Paradoksi, näennäisesti järjen vastainen väite, vaikuttaa yhtä aikaa todelta ja epätodelta.

Mutta mitä pidemmälle elän elämää Parkinsonin jälkeen, sitä vähemmän tämä semanttinen paradoksaalisuus kategorisoi emansipoituvaa individiäni.

Elämä Parkinsonin jälkeen on *anakronia*, myönnän, väärään ajankohtaan liittämistä.

Voidaan hyvin sanoa, että oli elämä ennen Parkinsonia. Mutta elämä Parkinsonin jälkeen tuntuu olevan nurinkurinen, koska me olemme sisäistäneet Parkinsonin taudin kulun alkuoireista diagnoosin kautta vähittäiseen ruumiillisen ja joskus myös henkisen kunnon rapistumiseen.

Elämä Parkinsonin jälkeen on myös *anomalia*, myönnän senkin.

Anomalia on jokin asia, joka poikkeaa vallitsevasta säännöstä.

Elämästä Parkinsonin jälkeen ei kuule puhuttavan, se on jotain joka ei ole tavanomaista puheenaihetta. Se on roska silmässä, yritämme mieluummin poistaa sen kuin jättää silmään kiusaksi.

Tämä ilmiö, "Parkinsonin jälkeinen elämä", vaatii intuitiivisen ja henkilökohtaisen tunteen lisäksi enemmän sanallista *kuvailua* ollakseen muillekin havaittavissa, yhteisesti jaettavissa ja hyväksyttävissä olemassa olevaksi.

Ilmiö vaatii myös tarkempaa syventävää *tulkintaa* tullakseen ymmärretyksi.

Ilmiö vaatii kohteeseen paremmin osuvan *käsitteen määrittelemistä*, jotta siitä voidaan aidosti puhua ja sen puolesta ja sitä vastaan argumentoida.

Elämä Parkinsonin jälkeen on ymmärrettävissä, kun sanaa "Parkinsonin" lähestytään kielikuvan ja lausemuodon tarkastelulla.

Metonymia on kielikuva, jossa käsite viittaa laajempaan, esimerkiksi osa viittaa kokonaisuuteen. Metonymiana sanan Parkinson käyttäminen viittaisi aktiiviseen Parkinson-toimintaan järjestöissä. Esimerkiksi näin ymmärrettäisiin lause: "Hänen harrastuksensa oli Parkinson."

Ellipsi on lausemuoto, jossa sanoja tai lauseen osia jätetään pois; tässä voisi kuvitella, että pois on jätetty vaikkapa hakasulkeisiin laittamani sanat: "Elämä Parkinsonin [antaman identiteetin] jälkeen."

Edellä esitetty kuvailu osoittaa, että Elämä Parkinsonin jälkeen -ilmiössä ei tarkoiteta taudin helpoiten havaittavissa olevaa puolta eli Parkinsonin tautia liikehäiriösairautena. Jäykistely, krampit tai vapina eivät poistu sananselityksillä eivätkä kielikuvilla.

Mutta emme ole ainoastaan liikkuvia ihmisiä. Meillä on monia muita ulottuvuuksia, muun muassa *kognitiivinen*, *sosiaalinen* ja *emotionaalinen* tapa olla, havaita, reagoida. Eli olemme havaitsevia, tietäviä ja tietoisia, yhteisöllisiä ja tuntevia ihmisiä. Emme kiipeä perse vaan mieli edellä puuhun.

Jos olemme laillani esimerkiksi kymmenkunta vuotta sitten saaneet diagnoosin ja siitä lähtien osallistuneet Parkinson-toimintaan ja vähitellen omaksuneet Parkinson-identiteetin, niin tässä ajassa on nähnyt niin paljon, että alkaa odottaa jo jotain muuta. Ja jos jotain muuta tekemistä ilmaantuu, kuten minulla kirjailijan työ, niin identiteettiä voi aivan hyvin alkaa rakentaa Parkinsonin sijaan uuden tekemisen tarjoamin mahdollisuuksin: ajatuksin, ihmissuhtein ja tuntein.

Eniten "elämässä Parkinsonin jälkeen" taitaa hiertää tuo – "jälkeen".

Mitään ongelmaa tai käsitteen selkiyttämisen tarvetta ei olisi, jos sanottaisiin "elämä Parkinsonin kanssa" tai "elämä Parkinsonista huolimatta". Näin ihmiset puhuvat: Parkinson matkakumppanina, kaverina, jopa puolisona. Parkinson ei päästä irti, mutta ei liioin Parkinsonista päästetä irti.

Haluan kuitenkin ajatella, että voisimme aidosti viitata Parkinsonin jälkeiseen elämään, Parkinson ymmärrettynä edellä esitetyn kuvaukseni mukaisesti.

Ehdotan käsitettä *P*, joka voidaan avata teatterimetaforana *Parkinson-rooli*. P siis viittaa Parkinsonin tautia sairastavan minäkuvaan, identiteettiin, itsearvostukseen sekä sairauteen liittyvään toimintaan ja sen kognitiivisiin, sosiaalisiin ja emotionaalisiin ulottuvuuksiin.

Näin ollen voimme kokea, ajatella, puhua ja kirjoittaa: *Elämä P:n jälkeen* merkitsee sitä elämäni vaihetta, jossa heitin Parkinson-roolini pois harteiltani kuin kahlitsevan haarniskan.

Oi maamme Suomi, haarautuvien jokien yläjuoksut, Hämeen Härkätien pyhiinvaeltajat Rengon Pyhän Jaakon kirkossa, hameen alla puutarhan pöheikössä kuumien kuvitelmien polut, näin lähestyn kotimaatani à la Borges.

Jorge Luis Borges, tajunnanräjäyttäjä, eli vuosina 1899–1986.

Aiheina Aleksis Kivi, eduskunta, elinkeinot, hallinto, historia, itäraja, kulttuuri, käsivarsi, La Fura dels Baus, lahdet, luonto, maaraja, meret, ministeriöt, oikeuslaitos, persoonallisuudet, poliitikot, politiikka, talous, tiede, urheilu, valtio, väestö.

Kirjoitan vain aiheista, joihin minulla on omakohtainen suhde, ohut edes, muisto, tunne, näkökulma; vain sellaisia kelpuutan mukaan. En väitä enkä usko, että juuri samat yksityiskohdat olisivat muille tärkeitä, ehei, kirjan lukijalla, jos kirja lukijalle joskus päätyy, on lupa muuttaa muunneltavia, valita omasta aihevarastosta verrannollisen tai vertaisen, kaltaisen. Osoitan metodeja, menetelmiä, askeleita ja polkuja. Kun minä muistelen Eira Stenbergin romaania, lukija voi muistella Eeva Joenpellon romaania. Kun minä palautan mieleeni saksankielistä 1900-luvun kirjallisuutta – Kafkaa, Hesseä, Mannia – lukija voi tehdä saman 1900-luvun ranskankieliselle kirjallisuudelle – Sartre, Camus, Tournier.

Olen yrittänyt kirjoittaa tuohon jo harmaita karvoja kasvoihini kasvattavaan (kyllä, alan olla karhuvanhus), muistia mukamas parantavaan, kirjoitelmaani opaskirjoista tuttua sinuttelua, mutta yritykseni ovat kompuroineet portaat alas kolisten, niin että olen nyt tästä varma: on mahdotonta puhutella lukijaa, "sinua", ajattelematta, että tuo puhuteltu olen minä, että tyypilliseen tapaani kikkailen ja kirjoitan paitsi itsestäni myös itselleni. Puolittain näin onkin. Onhan kirjailija itse ankarin testiyleisönsä, koelukijansa, ateljeekriitikkonsa, niin että kirjoitan minä itsellenikin. Mutta kovin haluaisin kirjoittaa jollekin, jolla pysyy kynä kädessä, olipa tämä sitten ristikoita ratkova lökäpöksyvaari, mökkikirjaa rustaava multasormimuori, perheen nouseva kynämieskyky tai iltatähti runotyttö – entinen tai nykyinen – tai päin vastoi: herkkä runopoika, raaka prosaistityttö, ja sekasukupuoliset dramakingit. Pitääkseni lukijan ja itseni erillisinä kirjassani, lukijana ja kirjoittajana, vältän siis paradoksaalisesti lukijan puhuttelua – en osaa tätä nyt paremmin selittää itselleni.

Onko tässä ajatusvirhe?

Kertoessani aiheistani olen tietoinen lukijasta ja hänen päässään tapahtuvasta tulkintaprosessista, mutta kirjoitan ja kerron aivan kuin mitään lukijaa ei olisi. En muulla tavoin saa tätä tehdyksi enkä nyt sanotuksi.

Pyöriskelen omissa ajatuksissani ja luotan lukijan pyörittävän omaa mielleyhtymiensä betonimyllyä. Kysyn kaikenlaista, mutta en aina vastaa. Kyse ei ole retorisesta kysymyksestä, ei aina, vaan toimeksiannosta. Lukija on minun Pavlovin koirani, kuolaa kun näytän pihviä, näkee Lasse Virenin kaatuvan, kun mainitsen vuoden 1972 Münchenin olympialaisten kymppitonnin juoksun.

Valtiomuoto. Perustuslaki. Oikeuslaitos. Presidenttejä, pääministereitä. Viimeisimmät presidentit. Viimeisimmät pääministerit. Kansamme edustajat. Eduskuntalaitos. Eduskunnan oikeusasiamies. Valtioneuvosto. Hallitus. Oikeuskansleri. Ministeriöt.

Politiikka on yhteisten asioiden hoitamista veronmaksajien kustannuksella, ideaalisesti ajatellen fiksusti ja oikeudenmukaisesti, mieluummin sopimalla kuin riitelemällä, mieluiten toisia näkemyksiä kunnioittaen ja muistaen, että enemmistön tärkein tehtävä on huolehtia vähemmistöistä, niin että perustuslain takaamat vapaudet koskevat kaikkia. [naurua]

Puolueet ovat jonkin ideologian, ohjelman, maailmankuvan tai toiminnan innoittamia yhteenliittymiä, jotka pyrkivät vallankäyttöön europarlamentissa, eduskunnassa, kunnanvaltuustoissa, seurakunnissa sekä joissakin maitokaupoissa ja vakuutusyhtiöissä.

Vaalit järjestetään puolueiden voimasuhteiden selvittämiseksi sekä sen toteamiseksi, että se ikivanha ääniharava onnistuu jälleen uusimaan paikkansa näkyvällä sanomalehti- tai televisiomainoksella.

Oppositiossa on pelkurinkin turvallista harjoittaa rohkeaa syytös- ja muutospolitiikkaa.

Puolueen puheenjohtajan vaihtuessa kesken hallituskauden uusi kokematon puheenjohtaja saa edeltäjänsä hallituspaikan, jonkun mulkun salkun, oli se sitten pää-, niska-, ulkofilee-, sisäfilee-, kulttuuri-, työ-, oikeusmurha-, terveysturha- tai valtiovarkain-ministerin kapsäkki. Hallitukseen nousevan puolueen puheenjohtajan ei entisaikain tapaan edellytetä hankkivan rypytöntä istuvaa pukua.

Hallitusvastuussa asianomainen ministeri asettaa ministeriön virkamiehistä selvityskomitean, jota asianomainen ministeri ohjaa ja jonka työn tuloksista asianomainen ministeri tiedottaa antaen ymmärtää, että näin on tapahtuva eli selvityksen visio on toteutuva, vaikka asianomainen ministeri muistuttaakin, että nyt vasta pyydetään lausuntoja asianosaisilta ja että vilkas keskustelu alkaa, vaikka todellisuudessa se päättyy heti, kun pääministeri asettaa selvityksen raameihinsa eli kontekstualisoi sen todellisuuskäsityksensä kanssa.

Pitääkö yllä oleva kuvaus paikkansa? Onko se edes mahdollista? Miten puolueet ja erityisesti puheenjohtajat ja puoluesihteerit oikeasti käyttäytyvät, kun ne siirtyvät oppositiosta hallitusvastuuseen? Miten puolueet, puheenjohtajat puoluesihteerit käyttäytyvät, kun tapahtuu siirtymä hallituksesta oppositioon? Vaalivoitto ei aina vie hallitukseen – milloin näin on viisasta toimia? Mikä tekee poliitikosta persoonallisen? Puhe. Kyky puhua omalla tyylillään.

Persoonallisia imitoidaan. Ismo Kallio on niin hyvä esimerkkipresidentti, että jälkipolvi ei erota arkistofilmeistä aitoa presidenttiä imitaattorista.

Asiaa vai ei? Onko poliittinen retoriikka asiapuhetta tai -kirjoittamista – vai onko se tekojen tekemistä ("Julistan basaarin avatuksi") vai peräti lyriikkaa, kuten jonkun kummosen tai tommosen kerrotaan selittäneen?

Rupesi nyt tekemään mieli nelikenttää! Himo iskee kuin karhu roskatynnyristä silloin kun vähiten aavistaa. Pykersin yksinkertaisen nelikentän, joka ei vaadi selityksiä. Vaakaan "faktaa" ja "fiktiota", pystyyn "asiaa" ja "lyyristä". Lukijan tehtävänä on lisätä kielenkäyttäjien nimiä kenttiin, jotka voi piirtää tai olla piirtämättä. Kuka puhuu totta asiakielellä, kuka palturia? Kuka puhuu totta kieltä helkytellen kuin runossa, kuka kuvitelmia?

Ei välttämättä liity edelliseen, mutta muistettava, kuka sanoi ja mitä:

"Minä juon nyt kahvia."

"Nahkurin orsilla tavataan."

"Tuli iso jytky!"

Suomen väestö. Geeniperimä. Montako meitä on? Suomalaiset ulkomailla. Miten jakaudumme kartalla?

Eliniän ennuste.

Kansantaudit.

Liikkuvuus.

Maahanmuutto.

Onko onnenpyörä syntyä Suomessa?

Moniko meistä n:nen polven mamu?

Historian hämärässä ensimmäinen maininta kertoo, että pohjoisessa asuu kansa nimeltä finnit tai fennit, mutta aika rientää ja ollaan Ruotsin vallan alla, jossain välissä piispa Henrik ja Lalli vertailevat astalojaan, piispalla käy hirmuisesti kieli mutta Lallilla voittaa mieliteko tehdä hirmuteko kirveellä. Hakkapeliitat. Nuijasota. Autonominen Suomen suurruhtinaskunta. Itsenäistyminen. Sisällissota. Talvisota. Jatkosota. Lapin sota. Jälleenrakennus.

Muistan, kun ensi kerran ajelimme Itä-Suomessa ja äkkiä näin metsän takaa nousevat vartiotornit. Oli kesäkuu 1990. Olimme veljeni perheen kanssa liikkeellä kahdella autolla. Kävimme Lappeenrannassa ja Savonlinnassa, myös linnassa, söimme torilla lörtsyjä ja ihailimme sisävesihöyrylaivoja. Matkan pääkohteena oli Punkaharju, Retretti ja muutaman vuorokauden mökkiloma. Yhden yön vietimme menomatkalla Imatran Valtiohotellissa, jossa illallisella korvasienikastikkeessa oli kivi, jota sittemmin säilytin monta vuotta lompakon kolikkotaskussa.

Muita kokemuksia rajalla. Kuinka pitkä on Suomen yhteinen maaraja Venäjän kanssa?

Muistan seikkailija Mathias Rustin ja hänen uskomattoman lentonsa Malmin lentoasemalta Punaiselle torille yli mielikuvituksen rajojen. Yksi mies teki enemmän kuin muu maailma yhteensä ideologisessa sodankäynnissä supervalta Neuvostoliittoa vastaan.

Hintelä Rust oli Ihme, Teräs- ja Supermies, löytö-, risti- ja extremeretkeilijä.

Minä vuonna Rustin lento tapahtui? 1987. Ja miten Mathias Rustin kävi lennon jälkeen? Jäikö hän

Neuvostoliittoon vai pääsikö takaisin länteen? Otettava selvää.

Käsivarsi. Yksikätinen neito viittoo länteen. Länsirajan takana Ruotsi. Pohjoisessa Norja.

Onko Pohjoisessa paikka, jossa Suomi, Ruotsi ja Norja ovat rajanaapureita?

On. Kolmen valtakunnan rajapyykki Koltajärvessä on pyöreä betoninen rakennelma.

Entä Venäjä? Onko kolmen maan rajapyykkiä?

Muotkavaaralla on. Suomen, Norjan ja Venäjän rajapyykki on tehty kivistä ja sillä on betoninen pyramidi hattuna.

Meret ja lahdet. Itämeri. Suomenlahti. Ahvenanmeri. Ahvenanmaa. Turun saaristo. Viro on lähellä, mutta eteläinen raja on kaukana. Kumivenemiehet. Pohjanlahti. Hailuodossa vedin hankkeen viikonlopputapaamisen Oulun seudun porukoille.

Suomen luonto. Tuttuja Uusimaa, Raasepori, Porvoo ja Loviisa. Tuttua myös Satakunta, Kokemäki ja Pohjanmaa – alavilla mailla hallan vaaraa. Hyvin tuttu on Häme. Hämeen harjut, metsät ja pellot, järvet. Pohjoinen, koillinen, itä. Savo. Kuopio. Heinävesi. Etelä-Karjala. Saimaa. Kainuun korvissa. Pohjoisen tunturit.

Kirjoitan sanoja, joita en ole ennen käyttänyt kirjoissani, korkeintaan koulun maantiedon kokeessa, jos silloinkaan, en lukenut läksyjä enkä erityisesti maantiedon läksyjä. Muistan vain kerran lukeneeni, aiheena oli Tukholma. Yllätyin, kuinka paljon ymmärsin. En kuitenkaan ottanut tavaksi lukea maantiedon läksyjä, ja numero pysyi vitosena tai kutosena.

Tiede niin kuin minä sen olen kokenut. Tämä on hyvin niukka ja subjektiivinen katsaus. Ilkka Niiniluoto: filosofia, etenkin tieteenfilosofia. Fred Karlsson ja yleinen kielitiede. Aarne Kinnunen ja Arto Haapala: estetiikka ja taiteenfilosofia. Jyrki Nummi, Torsten Pettersson, Anna Makkonen, Pekka Tammi ja Leena Kirstinä: kirjallisuustiede. Erityismaininta Panu Rajalan Sillanpää-tutkimuksista.

Talous ja elinkeinot. Maatalous. Kontaktini kesämökillä naapuritilalla. Maaseudun sivistysliitto tilasi koulutusta, jota kävin pitämässä Porissa, Leppävirralla ja Seinäjoella. Silmiini piirtyi agraariyhteiskunnan eloonjäämistaistelu. Maitotilat. Sikatilat. Metsätilat. Tuotantosuunnat.

Kone(paja)teollisuus. Metso, oikoluin ja korjasin vanhan kaverin diplomityön paperikoneista. KONE ja hissit. Metsäteollisuus. Paperiteollisuus. Kauppa. Palveluala.

Meillä on kauppiassuku, minäkin olen yhden vuoden käynyt kauppaopistoa.

Koulutusalalla olen ollut myös markkinointia hoitaen 1990 alkaen, heti ensimmäisenä lukuvuonna piti suunnitella seuraavan vuoden myyntiä.

Yhden opiskelijan sain Porista, kun kirjoitin Helsingin Sanomiin keskioluen vapaata nauttimista yleisillä paikoilla ylistävän mielipidekirjoituksen, jonka lehti painoi kuohuvien olutpullojen kuvittamana.

Paavo Nurmi ja pitkät juoksut. Kävely Paavo Nurmen patsaalle ja takaisin kouluun. Elis Ask ja nyrkkeily. Kellarissa kaiverrus ASK ja vuosiluku. Veikko Kankkonen ja mäkihyppy, näin Kankkosen hyppäävän Herttoniemen hyppyrimäestä. Timo Mäkinen ja ralliautoilu, tärkeä koska kaimani. Koripallo, lentopallo, käsipallo. Näihin liittyy merkityksiä Helsingin Toisesta lyseosta, meidän perheen kesäisestä pelaamisesta ja asuinpaikkkunnasta Karjaalla viiden vuoden ajan.

Suomen taiteet. Kuvataiteilija Fridolf Weurlander, Kuopion lahja maailmalle, oli isoisäni isosetä. Tätini maalasi, hänen vanhin poikansa eli serkkuni oli piirtäjänä luonnonlahjakkuus. Minulla oli omat kuvataiteelliset pyrintöni 1980-luvun lopulla ja 90-luvun alussa. Muistettava kuvataidematkat kommelluksineen, ainakin Tukholmaan, Turkuun, Tampereelle. Maalarinteippiä lastenhuoneessa ja Suomenlinnassa Erik Dietmanin näyttelyssä. Oli häkellyttävää löytää taiteilija, jonka ajatukset kulkivat kuin pienellä tyttärellämme

Attention! Attention! Erikoinen, vaikuttava, jopa pelottava fyysisen teatterin esitys, joka tarjosi moniaistisen kokemuksen – muistanko, missä, milloin ja mikä ryhmä esitti? Se ei ollut Jumalan teatteri Oulussa, ei jauhon pöllyäminen silmille Helsingin Kaupunginteatterin Putkinotkon esityksessä, vaan espanjalainen La Fura dels Baus Näkinpuiston purkua odottavassa punatiilirakennuksessa, näköyhteyden päässä länteen aukeavalta parvekkeeltamme Merihaassa, jossa asuimme miltei koko opiskeluajan. Esityksessä sai väistellä auton ovea paiskovaa raivopäätä. Varmasti tämä vaikutti omiin esityksiini *Säpinää* ja *Sisäministeri* sekä sen jatko-osaan *Sisäministerin kosto.* Esitin näitä Alibissa ja uudella ylioppilastalolla.

Musiikki. Nicoline. Kuinka paljon musikaalisuutta periytyy neljänteen tai viidenteen polveen? Bändi. Elokuvamme taustamusiikki. Näemmä supistan Suomen taiteen esittelyn melkeinpä omiin tekemisiini. Hullun horinaa.

Kulttuurielämässä minulle tärkeimpänä on kirjallisuus, ja jos yksi kirjailijan nimi on nostettava esiin niin se on Aleksis Kivi. Oppikoulussa opettelimme Seitsemän veljeksen nimet ikäjärjestyksessä vanhimmasta nuorimpaan. Muistan ne osanneeni. Lonkalta: Juhani, Lauri, Aapo, Simeon ja Eero nuorimpana. Jaa, tuossahan on vasta viisi. Tuomas! Vielä yksi... K:lla alkaa...? Ei – kääk! Tarkistin, ja sehän on Timo! Omaa nimeäni en muistanut. Oikea vastaus on siis: Juhani, Tuomas, Aapo, Simeoni, Timo, Lauri ja Eero. Luimme Seitsemää veljestä ääneen. Poikakoulussa oli suuret luokat ja paljon oikeansorttisia eläytyjiä veljesten hahmoihin, romaanihan on paljolti dialogia. Opettaja valitsi minut lukemaan Aapon roolin. Olin yllättynyt. Aapo on ajattelija, pohtija, rakentavien ehdotusten tekijä. Valinta pani minut miettimään, että näkikö opettaja minut sellaisena ajatuksen miehenä – tai että minussa olisi potentiaalia tulla sellaiseksi? No, minusta tuli pohtija, kirjallisuuden ja filosofian opiskelija ja kirjailija.

On palautettava mieleen ja tarvittaessa selvitettävä lukemalla veljesten luonteet, muutkin kuin Aapon.

KUN MAAMANKUVA ON SELLAINEN, ETTÄ KARTTAPALLO PUTOAA ikkunasta ja kaupan kassaneiti kuolee ikäimpinä mutta jatkaa vielä viikon itsepalvelukassojen valvojana ja jono alkaa viimein edetä koska myytävä on loppunut, niin käsissä on vinksahtaneita tarinoita sattumien maailmasta à la Daniil Harms, joka eli vuosina 1905–1942.

Nyt kiinnostuksemme kohteina ovat digitalisaatio, globalisaatio, historia, järjestöt, taide, kirjallisuus, luonto, suurvallat, valtiaat, vesi.

Kirjan käsikirjoitus on tällä hetkellä melkoista sekamelskaa, enkä ihan heti näe, miten se taipuu applikaatioksi. Olen vaihtanut rakennetta niin monta kertaa lyhyen kirjoitusprosessin aikana, että en muista enää kaikkia vaiheita. Aluksi minulla oli kolmijako aineiston hankintaan, kirjoittamisen keinoihin ja sisältöön. Sulautin kaksi ensimmäistä kolmanteen ja pikkuhiljaa alkoi kuoriutua esiin kolme eri ilmiötason suurta teemaa: yksilön elämä, kotimaa ja muu maailma. Tuli mieleen 1970-luvun oppikirjat, historia ja yhteiskuntaoppi. Käsiteltäviä aiheita oli kehittämäni laskukaavan mukaisesti ensin 270, sitten lisäyksen jälkeen 300, kunnes niputin pääaiheet niin että niiden määräksi tuli 45, sitten 44, 43, 42 – stop! Ei vähennetä enää. Oletetaan, että tämä määrä vastasi todellisuutta. Yli jääneet 255 aihetta päätyivät pääaiheen yksityiskohdiksi tai kysymyksiksi vastauksia kirvoittamaan. Kirjan kolme osaa sisälsivät kukin viisitoista aihetta, joista jokaisessa oli vaihteleva määrä yksityiskohtia, tietoja, muistoja ja kuvitelmia silloin, kun ne auttoivat tiedon omaksumisessa. Etenemisen suunta oli yksittäisen ihmisen elämästä kotimaahan ja siitä maailmaan. Ohjeistin myös toisenlaiseen lukemiseen. Jos halusi aloittaa laajoista ympyröistä ja tulla kohti yksityistä, kirjan saattoi lukea lopusta alkuun. Rapu kun olen, kirjoitin esipuheeseen, että luen lehtiä ja selaan kirjoja lopusta alkuun, joten ehkä itsekin luen tämän kirjana takakannesta alkaen.

Alusta loppuun – lopusta alkuun: kumpikin etenemistapa luontuisi, sillä kahdella aukeamalla eli neljällä sivulla olisi itsenäinen asiakokonaisuus, aihesikermä, fakta- ja juttukimara. Hyvä tapa oli myös lukea sieltä täältä sen mukaan, mikä sattuisi kiinnostamaan. Tarkka sisällysluettelo kirjan lopussa auttaisi kokonaisuuden hahmottamista ja kulloiseenkin tarpeeseen sopivan sivun löytämistä. Olin pyrkinyt sisällölliseen ja kielelliseen selkeyteen, jotta kirja palvelisi eri-ikäisiä lukijoita. Iäkkäitä ajatellen kirjasinkoko olisi suurehko lukemisen helpottamiseksi.

Pelkkä fakta ei minua pidättelisi, olin valmis fiktioon jos sitä tarvittaisiin. Mielikuvitus ja kerronnan keinot olisivat tyylipaletillani, jotta voisin tehdä uuden tiedon omaksumisen mielenkiintoisemmaksi ja vanhan tiedon muistamisen helpommaksi.

Maailman sotaisa historia: on selitettävä Marathonin juoksu, Thermopylain sola, Karthago on tuhottava, Rooman tuho, 30-vuotinen sota – miksi ja milloin? Voittamaton Armada. Wienin tanssiva kongressi. Hatut ja myssyt. Jatkettava aiheiden etsimistä. Ensimmäinen maailmansota. Mistä syystä alkoi? Osapuolet? Miten päättyi? Mitä opetti? 1930-luku Amerikassa ja Euroopassa sekä Kiinassa ja Japanissa. Toinen maailmansota. Samat kysymykset. Toisen maailmansodan alku. Osapuolet. Päätapahtumat. Sodan loppu. Jatkettava tiedon keruuta. Korean sota, Kuuban kriisi, Vietnamin sota, Lähi-Itä, Afganistanin sota, Irakin sota, entisen Jugoslavian hajoamissodat Balkanilla, Somalian sota, Syyrian sota. Jatkoa vaikuttaa riittävän.

Avara luonto. Sir Richard Attenborough siellä ja täällä, aina paikan päällä – tarkistus osoitti, että tarkoitan David Attenboroughia, en hänen isoveljeään, jo edesmennyttä näyttelijää ja tuottajaa, jonka muutkin kuin minä ovat sekoittaneet luonnontieteilijään, kertovat tavallisesti luotettavina pitämämme lähteet.

Luonnon moninaisuus on häkellyttävä.

Koko elämänsä voisi viettää telkkarin ääressä

luontoa ja luonto-ohjelmia katsoen. Muovilautat valtamerillä ja rannoilla. Brasilian sademetsien hakkuut, pihvikarja, alkuperäisväestö – toin sen asemaa esiin esitelmässäni kauppaopistossa. Alhaalla aavikolla kuivaa, ylhäällä vuoristossa kylmää. Mistä tietää, että aavikolla elää muitakin kuin pillerinpyörittäjiä? Suurenevatko aavikot? Kuivuvatko vehreät maat? Missä maissa sijaitsevat Alpit? Mitkä ovat Maan suurimmat vuoristot? Mitä ja missä ovat Dardanellit? Suuret maaeläimet. Afrikan suuret eläimet. Jos pyydetään mainitsemaan Afrikan eläimiä, mitkä viisi tulevat nopeasti mieleen? Listani: Norsu. Leijona. Kirahvi. Leopardi. Sarvikuono. Muovieläimet. Uhanalaiset eläimet. Olenko koskaan kampanjoinut uhanalaisten eläinten puolesta? Pääesikunnassa kuultavana. Suomen luonnonsuojeluliiton college-paita, oliko siinä hylkeen kuva tai jotain vastaava. Majuri kysyi kytköksistäni. Netissä olen osallistunut joihinkin kampanjoihin, mutta niistä ei ole jäänyt paljoakaan muistettavaa. Mitä uhanalaista eläintä olisit valmis suojelemaan ja millä keinoin? Vesi. Navat, jäävuoret ja jäätiköt. Antarktis. Missä se on? Tuttu sana, mutta etelä- vai pohjoisnavan hoodeilla? Veikkaan pohjoista. Mutta televisiossa dokumentin mainoksessa luki että maapallon pohjalla. Onko Maalla yläpuolta ja alapuolta, kun katsoo avaruudesta?

Onko vesi vanhin voitehista? Veden parantavia, vammoja ja kipuja lievittäviä sekä elämää ylläpitäviä

vaikutuksia. Pullovesi: juotavaksi vai hampaiden pe-
suun?

Onko maailmankirjallisuus kansojen kirjallisuuden
kokonaisuus vai kansainvälisesti tunnettu yhteisesti
tunnustettu kirjallisuus? Antiikki, Homeros, eepos,
lyriikka, tragedia ja komedia. Tragedian lyhyt matka
saippuaoopperaksi. Keskiaika. Danten *Jumalainen
näytelmä*, Cervantesin *Don Quiote*, kuka italialainen
kirjoitti *Decameronen*, en nyt muista! Shakespearen
näytelmät. Goethen *Nuoren Wertherin kärsimykset*.
Punaista ja mustaa, kirjoittaja? Brontën sisarukset.
Jane Austin. Läiset ja laiset: venäläiset Tolstoi, Dosto-
jevski, Gogol, Pushkin, itävaltalaiset ja saksalaiset
Franz Kafka, Thomas Mann, Herman Hesse, amerik-
kalaiset Hemingway, Steinbeck, Faulkner. Amerikan-
juutalaiset – heidän suunnaton merkityksensä. Lati-
nalainen Amerikka. Marguese? Vargas Lhosan olen
nähnyt Akateemisessa kirjakaupassa Helsingissä
1992. Pohjoismaat. Vigdis Grimsdottir oli minun jut-
tukaverina Lahden Kansainvälisessä kirjailijakokouk-
sessa Mukkulassa 1995. Etelän maaginen ja pohjoi-
sen maaninen realismi. Timo K. Mukka.

Mieleen tulee vain omituisia kuvia. Sikstuksen
kappelin kattomaalarin niskakipu. Antonio Gaudi
piirtämässä tupakkiaskin kanteen muutaman tornin.
Jos olisin elänyt kolmekymmentä tai viisikymmentä
tuhatta vuotta sitten luolassa, niin mikä olisi pannut
painelemaan kämmenen kuvia luolan seinään? Pää-

asiallisena syynä luolamaalausten tekoon pidän tyl-
sistymistä. Luolassa ei ollut muutakaan tekemistä.
Voin hyvin kuvitella, että olisin torjunut kavereiden
aprikoinnit, että tulinko nyt aloittaneeksi kuvatai-
teen. Se mitään taidetta ole! Muutama kämmenjälki.
Vasta kun aloin piirrellä kullin kuvia ja lihaksiaan pul-
listelevia biisoneita, voitiin nähdä viitteitä taiteesta,
pohjan luomista myöhempien aikojen piirtelijöille,
kuten Tom of Finlandille, jonka nimeä ei kuitenkaan
ahtaassa luolassa sopinut sanoa, koska se aiheutti
epämiellyttäviä tunteita miehissä, kun nämä näkivät
naistensa silmistä kuinka nämä vertailivat miestensä
vehkeiden kokoa Tomin piirustusten miehiin. Kerrat-
tava, mitä syitä tutkijat ovat olettaneet luolamaa-
lausten tekemiselle. Metsästysonnen lisääminen on
ainakin yksi oletettu syy, eläimen symbolinen pyy-
dystäminen tai tappaminen maalauksessa.

Muita taiteenaloja. Musiikki. J. S. Bach ja *Wer nur
den lieben Gott lässt walten*. Tallinnasta pimeästi
vaihdetuilla ruplilla ostettuja LP-levyjä.

Kuka pelkää Virginia Woolfia? Pori 1990, Espoo
neljännesvuosisata myöhemmin.

Elokuva. Tarkovskin elokuvat *Stalker*, *Nostalgia*,
Uhri.

Itsevaltius on aina ajankohtainen aihe. Mitä val-
lankumouksellisempi, sitä itsevaltaisempi. Orientti.
Kiinan dynastiat. Japanin hallitsijasuvut. Hitler, Sta-
lin, Mussolini. Pohjois-Korean Kim-dynastia. Ruohon-

juuri – herkkuja ruokapöytään! Osataan sitä muuallakin. Saudit. Castrot. Putin. Turkin Erdogan juuri akuutti. Samoista perheistä on pyrkyä: Kennedyt, Bushit, Clintonit – jopa Obaman vaimoa näin kuviteltavan tulevaksi presidentiksi.

Suurvallat. Yhdysvallat. Venäjä. Kiina. Intia. Euroopan rajoilla. Laajentuuko Eurooppa Turkkiin? Miksi Venäjä ei ole Eurooppaa? Säilyykö rauha Euroopassa? Kv-järjestöt. YK. EU. Sotilasjärjestö Nato vaikea pelokkaille suomalaisille. Mentaliteetti ja arvot eriäviä jo Europan sisällä saati maailmanlaajuisesti. Pohjoinen ja eteläinen mielenmaisema. Itäinen ja läntinen arvomaailma. Mikä Eurooppaa yhdistää? Yhteinen trauma, 1900-luvun sodat. Mikä Eurooppaa hajottaa? Sivistyksen pitäminen sylkykuppina.

Globalisaatio. Liikkumisen nopeutuminen. Tavaraliikenteen lisääntyminen. Kulttuurinen vuorovaikutus. Tekninen kehitys. Ilmastonmuutos.

Digitalisaatio. Viestinnällisen kulttuurin muutos. Reaaliaikainen vuorovaikutus. Yhteisöllistäminen. Joukkoistaminen. Osallistaminen. Viestinnän laajeneminen yhä uusiin asioihin, esineisiin ja olioihin. Palvelujen ja asioimisen digitaalistuminen. Suhteiden ja tunteiden digitalisaatio.

Reaktioita globaalistumiseen ja digitaalistumiseen? Tavaroiden karsiminen ja elämysten yksinkertaistaminen sekä luonnossa selviytymisen eetos ovat hottia kirjakaupoissa ja tositvsarjoissa.

Pääseekö globalisaatiota ja digitalisaatiota karkuun? Face vek, tv kii.

Kaikkeus herättää ajattelevassa ihmisessä perimmäisiä kysymyksiä, tarpeen kosmologiseen pohdintaan, halun maailmankaikkeuden reunan alle kurkistamiseen, se herättää olemassaolon iloa jo alkukantaisessa kehitysvaiheessa à la Calvino viimeisiä lopun ajan tunnelmia unohtamatta. Italo Calvino, aivan jotain muuta, eli vuosina 1923–1985.

Suppea kattaus sisältää täyteläisiä herkkuja, kuten alkuräjähdys, aurinko, aurinkokunta, avaruus, kaikkeus, kuu, linnunrata, aine, elämä, ihminen, jogurtti, maa ja tajunta.

Kaikkeuden ikä. Olen yön pimeinä tunteina miettinyt, että miten on mahdollista, että mitään on, että kaikkeus on. Ja sillä on ikäkin, alkukohta, kuten *The Big Bang Theory* osoittaa, Suuri Pamaus, alkuräjähdys. Maailmakaikkeuden eli universumin iän olen kuullut tai lukenut useasti, mutta muistanko koskaan, mikä se on? Tämä on yksi kosmologian peruskysymyksistä, joka tulisi hallita. Sanon alkuun, että puhumme joka tapauksessa miljardeista vuosista. Maailmankaikkeuden ikä nykytietämyksen mukaan on 13,82 miljardia vuotta. Desimaaleja on hankala muistaa, siksi pyöristän ja otan muistisäännöksi tämän: maailmankaikkeuden ikä on noin 14 miljardia vuotta. Vähän alle. Ihan pikkuisen. 0,18 miljardia vuotta alle.

Miljardi vuotta on vaikeaa tajuta, ymmärtää sen kestoa, kun ihmiselon kesto on parhaimmillaankin satakunta vuotta.

Ymmärrettävyyttä lisää yksinkertainen laskutoimitus. Miljardissa vuodessa ehtisi elää kymmenen miljoonaa sukupolvea, jos miehet siittäisivät lapsensa sadan vuoden iässä – jogurttia kehiin, vaarit! Litra päivässä.

Koulumatematiikasta on sittenkin hyötyä!

Jos siis heti alkuräjähdyksen jälkeen olisi alkanut elää näitä teräsvaareja, kuinka monta satavuotiaana lisääntyvää sukupolvea ehtisi elää aikojen alusta asti, 13,82 miljardissa vuodessa? Entä kuinka suuri olisi jogurtin kulutus 13,82 miljardissa vuodessa?

Ennen pamausta. Pakko tätäkin on ollut miettiä. Jos kaikkeus alkoi alkuräjähdyksestä, niin on oikeutettua varmistaa, oliko sitä ennen jotain. Muistan tähän liittyvän ahdistuksen lieventyneen, kun hyväksyin, että myös aika syntyi alkuräjähdyksessä. "Sitä ennen" on tässä yhteydessä anakronismi, koska ei ollut aikaa. Ensi sunnuntaina kelloja siirretään tunti eteenpäin, kun sovitusti alkaa kesäaika. Yhtä tuntia ei siis ole! Auttakoon tämä ymmärtämään, että aikaa ei ole ollut aina – kun ei sitä ole aina nytkään! Mitä muuta voi ajatella aiheesta "ennen pamausta"?

Looginen jatkokysymys. Päättyykö maailmankaikkeuden laajeneminen joskus? Mitä sitten tapahtuu?

Unessa sain yhden ratkaisun. Minulla oli kyky buutata maailmankaikkeus, käynnistää se uudelleen.

Onko Aurinkokunta nuori vai vanha tapaus kaikkeudessa? En muista, että Aurinkokunnasta olisi pakistu Suuren Pamauksen aikoihin. Kyllä se syntyi myöhemmin – mutta kuinka paljon myöhemmin?

Aurinkokunta syntyi melkein 10 miljardia vuotta myöhemmin kuin maailmankaikkeus. Sen ikä on noin 4,6 miljardia vuotta. Siinä on ollut aikaa muuhunkin kuin järjestäytymiseen, puheenjohtajan ja sihteerin valintaan. Hyväntahtoiseksi mainittu aurinko on katsellut meitä siis melkein 5 miljardia vuotta, ja 900 miljoonaa vuotta on edessä, ennen kuin Maassa alkaa olla liian kuumat paikat elämän jatkumiselle, noin 30 asteen keskilämpötila. Suomalaiselle saunaan tottuneelle, kesät Suomessa ja talvet Aurinkorannikolla viettävälle, tuo ei ole kummoinenkaan lämpötila, mutta esimerkiksi jääkarhulle voisi tulla hiki.

Tehtävä inventaario. Mitä kaikkea rojua Aurinkokuntaan kuuluu ja kuinka laaja se on? Maan ikä. Loppuun palamisia. Etsittävä lisätietoja Auringon loppuvaiheista käyttäen apuna näitä sanoja: punainen jättiläinen, valkoinen kääpiö, musta kääpiö. Vilkasta toimintaa. Soititko todella hätäkeskukseen kysyäksesi, räjähtääkö Aurinko, kun sen toiminta oli vilkkaampaa kuin aikoihin? Hieman suhteellisuudentajua, kiitos. Maa. Oliko Maa heti kohta valmis pallo radallaan, kun Aurinkokunta otti noin 4,6 miljardia vuotta sitten asiakseen tekeytyä siihen kuosiin, että se voi käyttää nimessään isoa alkukirjainta?

Alkutoimet. Tässä on hämäriä kohtia, mutta lähteeni väittävät, että Maan alkutoimet olivat jo 4,7 miljardia vuotta sitten, ja olletikin 0,1 miljardin vuoden yöt yli nukuttua pantiin nimet paperiin ja Maa oli syntynyt. Muistisääntö: Muistan Aurinkokunnan iän, muistan Maan iän. 4,6 miljardia vuotta – hävyttömän vähän!

Maapallon synnyssä on vaiheensa – mitkä? Yritän hahmottaa yleislinjaa, kehityksen suuntaa. Pitää kaivaa muistista tai etsiä muualta tieto, koska Kuu tuli ikkunan taa valvottamaan yöhulluiluun taipuvaisia? Joka tapauksessa eikö ollut niin, että Maahan törmäsi valtava järkäle, josta osa sinkosi takaisin avaruuteen Kuuksi.

Maan mitat? Ympärys. Halkaisija. Säde. Pinta-ala. Maan kuluminen, entropia? Milloin voi matkustaa tunnelissa ääntä nopeammin maapallon ympäri? Mikä on elämän ikä? Tämän varmaan muistan, kun vähän pengon muistiani, sillä elämän syntyminen Maassa oli vavahduttava kokemus. Milloin se olikaan? No, kutakuinkin miljardi vuotta hulahti Maan syntymästä, ennen kuin kunnon rähinä saatiin päälle noin 3,5 miljardia vuotta sitten, toki sitä ennenkin on ollut jonkun sortin yrittämistä, jopa heti kohta puoli miljardia vuotta Maan synnyn jälkeen!

Että äkkiähän noin niin kuin maailmankaikkeuden mittakaavassa kaikki tapahtui.

Tiedän että elämä syntyi veden alla. Otettava selvää, koska se – elävä joku – rantautui, ja millä eväillä tai evillä. Mitkä ovat välttämättömät elämän ehdot? Suhtaudunko Maan ulkopuoliseen elämään uskon vai tiedon kysymyksenä? Tiedossa ei ole, että Maan ulkopuolella olisi elämää siinä mielessä, missä me elämän ymmärrämme. Siis emme tiedä. Orgaanisia aineita avaruudessa on. Jos haluaa päätellä, luulotella, uskotella itselleen Maan ulkopuolista elämää, niin sen kuvittelemisessa ei ole mitään rajoja. Koska meillä ei ole yhtäkään vihjeen hippusta Maan ulkopuolisesta älystä, niin edessä on tyhjä paperi, johon voi piirtää ja kirjoittaa *Tähtien sotaa* tai *Linnunradan käsikirjaa liftareille*. Seikkailu alkakoon!

Olen miettinyt sitä, että ajanlaskun alun jälkeen meitä ihmisiä on edeltänyt vain 100 sukupolvea, jos lisääntymisikä on ollut 20 vuotta. 100 sukupolvea ei ole mielettömän paljon. Vuoden 0 ihmiset eivät voineet olla kovin paljon erilaisia kuin me!

Salut, Homo Sapiens!

Nykyihminen.

Jo riittää aiheesta eksyttäminen. En ole tässä puhunut mitään ihmisen iästä, enkä nyt edes tarkoita yksilön elinikää tai keskimääräistä elinikää, vaan ihmislajin ikää, ihmiskunnan ikää. Mikä se on? Sanomattakin on selvää, että me saimme askaroida eriskummallisina limaskoina — jos ei nyt ihan torakoina — ennen kuin eräänä aamuna heräsimme levottomista unistamme ja olimme muuttuneet ihmisiksi. Nykyihminen on noin 200 000 – 250 000 vuotta vanha ilmestys, tietääksemme, muistaaksemme. Se ei ole hirveän paljon. Laskettava, kuinka monta sukupolvea meitä on edeltänyt 200 000 vuodessa, jos uusi sukupolvi on syntynyt aina 20 vuoden välein. Helppo. Kymmenen tuhatta. Vähemmän mitä olisin luullut. Minkälaisia ihmisen kaltaisia oli ennen nykyihmistä? Neanderthal minussa.

Miten ratkaisisi aineen ja elämän suhteen? Pakkohan sitä on ollut miettiä. Elollinen on ainetta, mutta liikkuvaa, aistivaa, toimivaa, tuntevaa, vaistoavaa ja ajattelevaa ainetta. Ehkä meidän on nyt digiaikana helpompi kuin ennen käsittää aineesta nouseva elämä, kun älypuhelimet ja tablettitietokoneet ovat totuttaneet meidät älykkäältä vaikuttavaan tekniikkaan. Kone kertoo, että lämpötila on + 2 astetta ja sadan metrin kävelymatkan päässä on kotiseutumuseo. Aisteillamme voimme varmistua tiedoista. Luontaisesti kuitenkin ymmärrämme, että nämä nykyiset tietokoneemme eivät ole elollisia. Tajuanko sitä, että tajuan? Minä olen päässyt itseni kanssa sopuun siitä, että maailmankaikkeus on, ei kahta sanaa. On. Ja järjestäytyminen linnunratoihin ja aurinkokuntiin ja mitä niitä muita on – ok, hyväksyn. Elämänkin synnyn nielen, mutta silloin ollaan rajoilla, kun elävä organismi tiedostaa kaikkeuden ja oman olemassaolonsa, kuten minä nyt tätä kirjottaessani.

Milloin näemme koneita, joista emme varmasti tiedä tai osaa päätellä, ovatko ne elottomia vai elollisia? Miten aine voi tajuta? Tehtävä tiedonhankintaa ja pohdittava aineen ja tajunnan suhdetta, joka on yksi mielenkiintoisimmista kysymyksistä. Onko tajuntamme kemiaa vain vai jotain muutakin aineesta nousevaa? Mitä on ymmärrys ympäröivästä, mitä on itseymmärrys?

Vaivoin voin kuvitella, kuinka kaukainen esi-isäni unohtui saunan lauteilla tuijottamaan ikkunasta ulos loppukesän pimeyteen, kiuas naksui, hikikarpaloita tippui alemmalle lauteelle – ja siinä kävi ensimmäinen itsensä tiedostamisen ajatus: Perkule, ei hassumpaa olla olemassa!

Anekdootti

NE LEVITTIVÄT KÄSITYSTÄ, ETTÄ SIVUT OLI KIRJAKSI SIDOTTU hiuksista punotulla nyörillä ja kannet päällystetty nahalla, piiskausarvin kohokuvioidulla kirjailijan selkänahalla.

Paperi oli aseteltu vaakasuuntaan, teksti taitettu molemmista reunoista tasatuiksi sivuiksi, sivunumerointi alhaalla, pariton oikealla ja parillinen vasemmalla, peilikuvasivut vierekkäin niin että keskelle jäi sidontareunus.

Se oli tulostettu kaksipuolisesti, ja tehty uniikiksi mallikirjaksi.

Julkaisematon se oli, se oli helppoa tarkistaa.

Kirjailija oli kai aikonut nostaa esiin edellisen vuoden lyhyet teoksensa, kierrättää kirjoja painattamalla ne yksissä kansissa, näin uumoiltiin.

Tiedettiin, että kirjailija oli aiemmin tehnyt saman viidelle ensimmäiselle romaanilleen, julkaissut ne kovissa kansissa 700-sivuisena isokokoisena laitoksena. Operaatio, joka oli jäänyt vaille odotettua huomiota.

Tämä kirjantapainen, josta nyt on kyse, löytyi kirjailijan työhuoneen kaappeja siivottaessa. Kukaan ei heti muistanut nähneensä sitä aiemmin tai edes kuulleensa siitä tai vastaavasta. Lähimmät osasivat kertoa, että kirjailijalle riitti teoksen taitetun version näkeminen ruudulla tai tulosteena. Niiden pohjalta hän pystyi kuvittelemaan, miltä valmis kirja näyttäisi, jos kuvitelmaan ylipäätänsä oli tarvetta.

Kirjailija oli monesti kertonut oppineensa, että oli parempi odottaa miten maailma asettuisi kuin yrittää nähdä ennakolta sellaista mitä ei voisi nähdä, sehän olisi sama kuin tehdä sellaista mitä ei voisi tehdä.

Kävi ilmi, että kirjailijan edellisvuoden kolme kirjaa eivät olleet erillisinä niteinä myyneet juuri mitään, mikä oli ironista, koska hän oli ollut ensimmäistä kertaa apurahakirjailijana muusta työstä vapaa. Hän oli elänyt kuvitelmassa, että liiton jäsenyys ja muutama apuraha yhdessä nostaisivat hänen asemaansa kirjailijana, tekisivät hänen kirjansa uskottavammiksi, että näine institutionaalisine leimoineen hän siirtyisi väistämättä kirjallisen kentän laidalta keskemmälle, jopa riippumatta siitä, miten näissä kirjoissa taiteellisesti onnistuisi.

Hybristä. Sitä tällainen ajattelu oli.

Kirjat olivat olleet työllistävässä mielessä tuottavia, apurahoituksella niitä tehdessä, vaikka eivät myynnillisesti, niiden valmistuttua.

Ne jäivät myös hänelle kummajaisiksi, enemmän kirjoitustöiksi kuin kirjoiksi, enemmän raporteiksi apurahakaudesta suoriutumisesta kuin kirjallisiksi teoksiksi taiteellisessa kontekstissa.

Jos hänen aiemman kokoomateoksensa vastaanottoa ja myyntiä katsoi, ennuste ei ollut hyvä tälle uudelle yritelmälle. Siksi kai hän oli piilottanut kirjaa muistuttavan esineensä kaapin perälle, pimeään kätköön, pois silmistä, mutta ei pois kaikkien mielestä, kuten osoittaa matka kaapin kätköistä kirjakauppaan – me muutamat ystäväksi luettavat kollegat tunnustamme velkamme kirjailijalle, ja tämä on syy miksi olemme toimittaneet tämän kirjan julkaistavaksi postuumina.

SISÄLLYSLUETTELO